左岸译丛

萨冈的1954

Anne Berest

［法］安娜·布雷斯特 / 著

彭怡 / 译

海天出版社（中国·深圳）

图书在版编目（CIP）数据

萨冈的1954 /（法）安娜·布雷斯特著；彭怡译. —深圳：海天出版社，2018.7
（左岸译丛）
ISBN 978-7-5507-2400-6

Ⅰ. ①萨… Ⅱ. ①安… ②彭… Ⅲ. ①纪实小说-法国-现代 Ⅳ. ①I565.45

中国版本图书馆CIP数据核字(2018)第092998号

版权登记号　图字：19-2017-186号
Sagan 1954
by Anne Berest
© Éditions Stock, 2014
Simplified Chinese edition arranged through Dakai Agency Limited

萨冈的1954
SAGANG DE 1954

出 品 人	聂雄前
责任编辑	林凌珠　岑诗楠
责任校对	丁放鸣
责任技编	梁立新
封面设计	知行格致

出版发行	海天出版社
地　　址	深圳市彩田南路海天综合大厦（518033）
网　　址	www.htph.com.cn
订购电话	0755-83460239（邮购）　83460397（批发）
设计制作	深圳市龙瀚文化传播有限公司　0755-33133493
印　　刷	深圳市华信图文印务有限公司
开　　本	787mm×1092mm　1/32
印　　张	7
字　　数	120千
版　　次	2018年7月第1版
印　　次	2018年7月第1次
定　　价	38.00元

海天版图书版权所有，侵权必究。
海天版图书凡有印装质量问题，请随时向承印厂调换。

没有萨冈,生活会让人厌烦透顶。

——贝纳尔·弗兰克[1]

---

[1] 贝纳尔·弗兰克(1929—2006),法国作家、记者,曾获"双叟奖",萨冈好友。

1月1日

我看见一个65岁的男人,离开了为他组织的跨年派对,就像走出自己的房门,连被子都不叠。总之,他去哪里,哪里的派对就完蛋。他让整个巴黎都为他心跳,可是今天,再也没人陪他跳舞了——能跟他对话的人都死了,或者说还没有出生。

蒙邦西埃路,我想象在新年和旧年之间犹豫挣扎的这个日子,有辆汽车把他放在朦胧的晨曦中。一对年轻的情侣,卿卿我我地经过他家门前。

这个男人看着那两个细长的身影在凌晨的寒冷中搂在一起,相拥着向塞纳河走去,就像是两只螃蟹。小伙子并不难看,留着圣女贞德①那样的发

---

① 贞德,法国中世纪民族女英雄。

型——像是直接从中世纪彩色插图中走出来的一个年轻侍从。

我想,这两个在黎明中颇为耀眼的小人物,经过科克托①面前时并没有认出他来。我听见那两个年轻人响亮地笑着,消失在皇宫方向。

如果仔细察看,好好听听他们尖厉的声音,人们会发现,那其实是两个女孩。一个叫弗朗索瓦丝,另一个叫弗洛朗丝。当她们在巴黎的大街上赛跑时,谁都赢不了——弗朗索瓦丝最后总会把手伸向弗洛朗丝,拖着她一起跑。

---

① 让·科克托(1889—1963),法国诗人、小说家、戏剧家、画家、电影导演,法兰西学术院院士,著有《陌生人日记》《存在之难》《关于电影》等。

在未来的几个月里,我将写一本关于弗朗索瓦丝·萨冈的书。我希望书的开头就是这样的背景:凌晨,科克托。

1954年的报纸将讲述《你好,忧愁》的出版。

几个月,不算长。

可我却经历了我有生以来最痛苦的一个时期。夏天的时候,我和女儿的父亲分手了。这加深了我的痛苦,我觉得自己就像一个没有把手的行李箱。

把忧伤消灭在工作中,日日夜夜都想着萨冈,日日夜夜都和她在一起。

我必须阅读关于萨冈的所有传记,阅读她写的所有小说和别人对她的所有采访。这是避而不见外人的最好借口。萨冈给了我勇气,她是世界上最懂得安慰别人的人。

在封面印着卡夫卡头像的笔记本上,我记下了这里或那里摘来的句子。我收集着这类句子,把它们当作是一个年龄比我大的朋友给我的明智建议——她什么都经历过,所以知道并没有什么建议可给。经验是不可传递的,我们唯一可以留给别人的东西,就是自己的生活经历,也就是说,生活的证明。它告诉我们,一切都会过去的,幸福总有一天会回来。

我生活在她身上,就像那几天我生活在别人借给我的套间里一样。鞋子都是从朋友卡特琳娜那里借来的。闻着浴室里的阿瑟牌香水味,走进弗朗索瓦丝·萨冈的思绪,就像穿上一双丝袜——用她的生活包裹我,忘却我自己的生活。

当1954年踏进巴黎,她和朋友弗洛朗丝·马尔罗来到法兰西学院和埃菲尔铁塔之间的艺术桥上。

在她们面前,巴黎的建筑墙面肮脏,就像一架大手风琴,在塞纳河边破了个洞。一片和平的气氛,过去几年都被一层薄薄的霜雪遮住,如同乡下的屋子,人们在离开之前给家具盖上了白布。

就这样,每个新年都远离被占时期①的巴黎,把那些悲剧变成回忆,而回忆最后总会被人忘却。

弗洛朗丝和弗朗索瓦丝属于战争的孩子,也就是说,这些奇怪的生命是从结束开始的——她们知道上帝的名字叫运气。一切都可能以不幸结束。所以,从那时起,必须满足现状。

她们是阿特梅尔中学的同班同学。学校位于圣拉扎萨尔车站街区的伦敦路,那是为"特殊"学生而设的一所私立学校。

弗洛朗丝由于生了很长时间的病,不得不暂时离开公立学校。弗朗索瓦丝呢,她在哪所学校上学就被哪所学校开除。先是鸟儿修道院学校,由于"缺乏高尚的灵修";然后是路易丝-德贝蒂尼学

---

① 二战期间巴黎曾被德国纳粹占领。

校,"由于用一根绳子让莫里哀①的胸像上吊"。莫里哀应该不喜欢别人在严肃的学校里吊死他吧?

那个时期,在做弥撒的时候,这个小女孩常常遇到从蓬蒂厄路的夜总会里出来的梦游者。他们穿着无尾常礼服,手里拿着酒瓶。这孩子觉得大人们比孩子们开心得多。

(我发现确有鸟儿修道院这么一所学校。我原来还以为是我母亲编造的呢!小时候,我提到她觉得愚蠢的小女孩时,她就对我说:"她们是从鸟儿修道院毕业的。")

尽管被许多宗教学校开除,弗朗索瓦丝还是通过了中学毕业会考。很幸运,罗丝·阿特梅尔小姐于1885年发明了一种教学法,它更多是激发智力,而不是要求死记硬背。也多亏了罗丝,两个少女在

---

① 莫里哀(1622—1673),法国17世纪古典主义文学最重要的作家,古典主义喜剧的开创者。

这所实验中学的小操场上认识了。

弗朗索瓦丝被弗洛朗丝吸引住了,弗洛朗丝和母亲参加过抵抗运动,因为她是犹太人(不过,法国人不太喜欢犹太人。战后,他们唤起了大家不愉快的记忆)。

弗洛朗丝也被弗朗索瓦丝迷住了,因为她能提出一些谁也提不出来的问题,因为她常常有突如其来的奇思怪想,因为她不像女孩,她从不矫揉造作。

两个少女缠绵得不得了,互相分享对文学的爱好,并且都认为,应该把大事当作小事来看,把小事当作大事来处理。

弗朗索瓦丝之所以明白这个道理,是因为她对生活无忧无虑;弗洛朗丝则因为生活严峻。但她们所不知道的是,她们将手拉手走过生命中未来的50年,而且节奏会相当快。

弗朗索瓦丝读普鲁斯特①,弗洛朗丝则看陀思妥耶夫斯基②的小说。③她们俩统治着那个时代,互相交换书籍,也交换波纹府绸裙子。

但在1954年的1月1日,当朝阳升起在艺术桥上方时,她们还不是太熟悉。

"我们必须许个愿。"弗朗索瓦丝说。
"好吧。"弗洛朗丝答道。

这两个少女的愿望完全一样:但愿弗朗索瓦丝能找到一家出版社出她的书。

与此同时,在蒙邦西埃路,病中的科克托还是像每天晚上那样睡不着觉,心里只想着他很喜欢的

---

① 马塞尔·普鲁斯特(1871—1922),20世纪法国最伟大的小说家之一,意识流文学的先驱与大师,代表作为《追忆似水年华》,作品以艰涩难读著称。
② 陀思妥耶夫斯基(1821—1881),与托尔斯泰齐名的俄国作家,代表作有《罪与罚》《白痴》《卡拉马佐夫兄弟》等。
③ 该细节源自作者与弗洛朗丝·马尔罗的谈话。

那个年轻人拉迪盖①。每小时都想,每秒钟都想。拉迪盖一直活在他身上,也死在他身上。

---

① 雷蒙·拉迪盖(1903—1923),法国英年早逝的作家,15岁时写出小说《魔鬼附身》。

1月4日

本书的第二幕,我想写写弗朗索瓦丝在她父母位于蒙梭平原高级住宅区马莱伯大道167号的家中,早上如何醒来。

那是一个奥斯曼风格的大套间,来自外省的皮埃尔·夸雷兹和妻子玛丽带着三个孩子住在里面。

他们很有钱,"夫妇俩都喜欢派对,喜欢布加迪跑车[1]。他们开着车在路上飞驰兜风。我有一对年轻的老爸老妈,他们生活在风中"。[2]

母亲玛丽是个无可挑剔的完美女人:她像一

---

[1] 法国高级跑车,意大利人埃多尔·布加迪在1909年创立了该品牌。
[2] 引自《弗朗索瓦丝·萨冈:一个可爱的小精灵》,阿兰·维尔贡德莱著,法国弗拉马里翁出版社2002年版。

只蓝翅膀的棕色蝴蝶,衣着讲究,喜欢笑,喜欢外出,充分利用首都所提供的舒适。很多年以后,弗朗索瓦丝是这样说她的:她并没有生活在现实中,总是戴着帽子,在别的什么地方。不过,弗朗索瓦丝当时并不怎么关注她,因为她眼里只有父亲,她心目中理想的男人——皮埃尔。为了他,也是在他身边,她在去年夏天写了一部稿子——只用了6个星期。

当然,弗朗索瓦丝睡得很晚,她常常和哥哥雅克办派对,喝威士忌,因为威士忌能让人陷入一种高贵的忧伤,让你不再讨厌自己。不过,那天早上,这女孩还是睁不开眼睛。

天一亮,就有很多人来到弗朗索瓦丝的房间。首先是茱丽娅·拉封,一个来自卡雅克平原,来自洛特省石灰岩台地的女孩。她是家里的女佣,是来收衬衣的,要拿到维伊的"准备穿"洗衣店去洗。接着母亲玛丽也来了,想对小女儿说,已经不小了,作为一位大家闺秀,不要睡懒觉,该起床的时候就要起床。不过……她还有一辈子呢,有的是早起的日子。

皮埃尔是厂里的总工程师,他只打开房门,看了看还在熟睡的女儿。他想起了她小时候,他开着美洲豹跑车,她就坐在他的膝盖上,小手放在方向盘上,他用掌心抚摸着她的小脑袋。转眼间,小女儿都已经长这么大了。

一个黄枕头掉在了地上,就像一小块新鲜黄油,家里最大的枕头被弗朗索瓦丝霸占着,留在自己身边,以便能靠在墙上舒舒服服地看书,看很久,看到很晚。床头柜上有一个玻璃托盘,上面乱七八糟地放着一堆杂志和书。

床脚的流苏地毯上,放着一架很大的留声机,距离是计算好的,弗朗索瓦丝不用下床,只要伸出手去就能换唱片。我在这个背景中安放了比莉·荷丽黛①的小盒子,可以看见她漂亮的面孔,耳朵上插着一朵大大的花儿,脖子上戴着珍珠项链,看起来

---

① 比莉·荷丽黛(1915—1959),美国歌手,爵士乐坛的天后级巨星。

就像弗里达·卡洛①。

1954年1月4日,这个女孩怎么也想不到,将来有一天,那位被父母叫做"基基"②的歌手,会在圣母节为她唱歌,就在她面前唱,并把她搂在怀里,像朋友一样跟她说话。

最后,为了完善这幅画——我所想象的弗朗索瓦丝醒来时的画面——还要决定在她的床头柜上放什么书。这是一个命中将成为作家的女孩的房间,所以我选择了弗吉尼亚·伍尔夫③的《一个属于自己的房间》。

我在书架上寻找那本书,想重读一下我想在这里引用的那几段。我凝视着"伍尔夫"这三个字,心里在琢磨弗朗索瓦丝·萨冈会怎么想——正如我们重新找到我们送给别人的书,看着所爱之人的眼

---

① 弗里达·卡洛(1907—1954),墨西哥现代女画家。
② 基基,原名阿丽丝·欧内斯蒂娜·普林(1901—1953),模特、歌手、舞蹈演员、画家,有"蒙帕纳斯王后"之称。
③ 弗吉尼亚·伍尔夫(1882—1941),英国女作家、文学批评家和文学理论家,意识流文学代表人物,被誉为20世纪现代主义与女性主义的先锋。

睛，我们会在心里问：他读了以后有什么感觉？

是的，毫无疑问，弗朗索瓦丝·萨冈不可能不喜欢这本书。我得选一两个句子，可我想把所有的句子都放上去：

"为什么男人喝酒女人喝水？"

"我得承认，投票和金钱，我觉得钱重要得多。"

"思想的自由取决于物质"，又或者是"一个女人，如果想写一部虚构作品，她必须有钱，有一个属于自己的房间"。

读了几页《一个属于自己的房间》，我的嗓子哽咽了，因为我想起来，上次读了这本书后，我做梦都想成为一个作家，并且问自己将来有一天是否有足够的力量和勇气。

随后，我的目光落在这本书的扉页上。

一个属于自己的房间

弗吉尼亚·伍尔夫 著

克拉拉·马尔罗 译

读到这几行字,我激动得满脸通红,就像你不经意地找到了你并没有寻找的东西:一封被藏起来的情书,你并没有收到过;一张500欧元的大钞,而你正缺钱;一个旅行建议,你正想逃离某个人。

克拉拉翻译了弗吉尼亚·伍尔夫的这本书。克拉拉·马尔罗,那是萨冈最好的朋友的母亲。

所以,我得到了一切许可。至少,可以把这本书放在弗朗索瓦丝的床头柜上。为什么不呢?甚至可以是译者的一个题签本:

"给将成为作家的弗朗索瓦丝"。

因为几个星期前,女儿一口气读完朋友的手稿后,这样对她说:

"弗朗索瓦丝是个作家。"

现在,在摆放背景——书籍、唱片、衬衣——的时候,我可以唤醒弗朗索瓦丝了,让她像小孩一样揉揉眼睛,如同她在圣特罗佩①所拍的那张照片,照片上的她穿着一件方格衬衣。接着,在套间的走廊里,弗朗索瓦丝去找哥哥,那是她最好的朋友。雅克·夸雷兹,27岁,在伦敦的一家企业"锻炼",但年末回来过节。我在互联网的档案地址中搜寻到他的几张照片,让我吃惊的是,他跟弗朗索瓦丝毫无相似之处,好像是来自另一个家庭似的。

雅克读了妹妹写的东西,感到很惊讶。
但他不是一个能轻易改变着装的人,他是个犬儒主义者,喜欢穿横条运动服、故意磨破的夏尔凡牌②衬衣、兽皮运动鞋。他是他那个世界里的宠儿,无忧无虑,对什么都满不在乎,拥有人们所谓的魅力,而

---

① 法国南部度假胜地,以豪华的海滨生活出名。
② 世界十大男士衬衣品牌之一。

这对一个游手好闲的人来说是个可怕的缺陷。

雅克既不想恭维妹妹，也不想让她想入非非，便对她说，她写的这本书是一篇挺不错的作文，作为处女小说，应该是很不错了。他答应帮她把手稿装订成册，同时还不忘提醒她：要有耐心，出书需要有极大的耐心。他的很多朋友，显然比她有天赋得多，有的还被熟人介绍到了出版界，可他们都还在等待答复呢！

他想，弗朗索瓦丝很快就会发现，生活中，并不是到处都像马莱伯大道这么平坦……这个小"基基"，她太受宠了，被父母皮埃尔和玛丽宠坏了，她总有一天要接触社会现实。越迟越好，他想，因为，他毕竟爱他的妹妹胜过爱其他所有女性。

不过，雅克还是"着实"吃了一惊。谁也不相信她写得这么快，写了这么一本神秘的书。他在这里那里发现了其他文学家对她的影响："玫瑰色的暖暖的"贝壳，像兰波笔下蓝色酒吧里的火腿；塞西尔说的话很像缪塞笔下的人物佩迪康；还引用了奥斯卡·王尔德的话，也能见到肖德洛斯·德·拉克洛的痕迹。①但不能打击她,没有什么比书刊检查更让人讨厌了。走着瞧吧!总之,这孩子总能得到她想要的,不管是什么东西。

讨论了很长时间以后,他们选择了三家出版社:伽利玛出版社、普隆出版社和朱利亚尔出版社。他们把用打字机打印的稿子装进黄色的大卷宗袋里,弗朗索瓦丝让哥哥来写地址,她觉得男性的笔迹比较刚劲,容易获得编辑的信任。

马莱伯大道167号
弗朗索瓦丝·夸雷兹

写完地址后,雅克思考了一会儿。

弗朗索瓦丝应该在稿子上写上自己的出生日

---

① 兰波(1854—1891),法国象征派诗人;缪塞(1810—1857),法国浪漫主义诗人、作家;奥斯卡·王尔德(1854—1900),英国作家,唯美主义代表人物,19世纪80年代美学运动的主力和90年代颓废派运动的先驱;肖德洛斯·德·拉克洛(1741—1803),法国作家,代表作为《危险的关系》。

期。他希望,一个18岁的小女孩能让编辑心软,也许不会那么凶狠立即就写退稿信。

"是不是也要加上电话号码呢?"弗朗索瓦丝建议。

"为什么?"雅克问。

"万一他们想立即找到我呢!万一他们喜欢我的书呢!"

"不,不,弗朗索瓦丝。这不严肃,出版商从来不给作者打电话,而是寄信。"

但弗朗索瓦丝坚持要写上。只有加上电话号码,她才同意写上自己的出生日期。

于是雅克写了三份:

马莱伯大道167号

卡尔诺街59—61

弗朗索瓦丝·夸雷兹

1935年6月21日生

他突然很为妹妹担心。

"不管怎么样,如果这本书不能出版,你可以再写。"

"好了,好了,我不会把它看得太重的。"

"甚至不要当真,好吗?"

"你知道,我写作也不是为了出版,首先是自娱自乐。"

"这样很好。"

在把门关上之前,弗朗索瓦丝笑着说了这么一句:"会出版的。"与此同时,也是1954年1月4日这一天,一个与她同龄的男孩,准确地说是一个18岁的小伙子,花了4美元,在一间专门给孟菲斯[①]黑人音乐录音的小录音棚里录了两首歌:

《我的快乐》;

《那就是你的心痛开始的时候》。

弗朗索瓦丝·萨冈和埃尔维斯·普莱斯里[②],

---

① 猫王一家曾在田纳西州的孟菲斯居住。
② 埃尔维斯·普莱斯里(1935—1977),美国摇滚歌手、演员,绰号"猫王"。

这两个孩子，肩膀应该很宽，才能扛得起几个月后他们将成为的——万人追逐的偶像。但是今天，他们只是"做"了件事，一切都从此开始：什么都不做就什么都不会失去，而要赢得什么的时候却有危险，因为赢得就是要冒险去获取什么东西，而那种东西年轻人往往不知道其后果。

1月6日

这本书开始酝酿,我应该快快地写,让它慢慢成形。

它既不能是一本传记,也不能是一本日记或是小说,就说这是一个故事!

讲一个很年轻的女孩的故事,她将写出她的处女作。

我将在书中讲述一个新诞生的作家一生中的各个阶段:激动、恐惧、期待。

这将是一本讲述另一本书诞生过程的书,从寄手稿到获得文学奖。我将选择那一年中的几个日子来描写,那一年将见证主人公动荡的生活:一文不名的少女将成为一个知名作家。一天一天,一个星期一个星期。如果说这不是一个虚构的故事,那我得在真实性上下功夫，以便让读者相信，不可思议的事情有可能会成真：一本书获得了巨大的成功，并被写进了历史；一个小女生成了一个社会现象，成了当时法国最著名的女性。

不过，这个故事是真实的。所以，我要让人明白并且解释，不可能发生的事情是如何出现在生活中的。我必须能够告诉大家，一本书可以像一颗炸弹那样爆炸，像一个春天，像希腊悲剧中的一个悲情故事。

"弗朗索瓦丝，"雅克问，"如果你的小说出版不了，你肯定自己不会伤心吗？"

"我不知道，走着看吧。我喜欢写作。"

"你为什么喜欢写作？"雅克问，他发现妹妹并没有想过她的手稿会被拒绝，甚至更糟，会被置之不理。

"写小说，就是撒谎。我喜欢撒谎，我一直都在撒谎，"她笑着回答说，"好了，祝我好运吧！"

在地铁上,我看见这个女孩坐在其他女孩中间。她们的衣着都像自己的母亲,长长的大衣——雅克·法特①设计的单色羊毛大衣或粗呢大衣——一直垂到脚踝,围着丝绸围巾,头发扎在脑后,脖子上露出首饰,没有耳环。大家穿得都很严肃,这是一个没有青春的时代,人们突然就从童年时代进入了成年时代。

弗朗索瓦丝也像其他女孩一样,穿着一件沉重的大衣,红白条纹的衬衣,扣子一直扣到下巴。她是15岁还是30岁?看不出来。

这是最后一段日子,最后几个星期,此时,她还是一个18岁的普通女孩,跟别的女孩没什么不同,但在这之后,弗朗索瓦丝的脸就要被大家熟悉了。她并不知道这种时间已经不多,由于胳膊下面夹着的东西(就像是一个癌细胞),一切都将发生

---

① 雅克·法特(1912—1954),二战之后法国著名的高级时装设计师。

翻天覆地的变化。这些写满字的纸张,是由一个好朋友用打字机打的,"因为这样更干净"①,它们将彻底改变她的一生。但现在还没到时候。眼下,我看见她正在地铁车窗的玻璃倒影中打量着大家。她正在为一个看不到脚踝、腿肚子僵硬得像扫把一样的女孩感到痛苦。长相难看,这对一个女孩来说太不公平了,她一边想,一边沉醉在车厢里的声音当中:

"面对那些身体毫无魅力的人,我觉得有点尴尬,有点茫然;我觉得,他们誓死不取悦别人的决心,是一种不道德的缺陷。因为,如果我们不试图取悦别人,又在寻求什么呢?"②

弗朗索瓦丝被拥进瓦格朗姆地铁站,然后在圣拉扎尔转车,到了巴克路的地铁出口,一阵风钻进她的大衣。她右拐,进了大学路,一直走到30号,

---

① 这是萨冈的儿子德尼斯·韦斯特霍夫的原话。
② 引文出自《你好,忧愁》。

那是朱利亚尔出版社。她去推那扇绿色的大门时,手已经冻僵。门没推开,她转过身:她身后站着一个年轻人。他们几乎没有看对方一眼,就已经猜到都是为了同一件事情而来。

所以,他们两个人是同时到达的,前台小姐当然先问那个小伙子:

"是来送稿子的吗?"

"是的。"那年轻人害羞地答道。

"用不着打电话来问结果,几个星期后,你们会收到一封信。如果我们不录用,你们可以回来把稿子拿回去。"

"可我住在外省。"小伙子回答说。

"如果是这样,回去拿几个信封再回来,贴上邮票,写上你们的名字。小姐,先生,谢谢你们啦。"

小伙子匆匆忙忙地出去了,去找邮局买邮票。弗朗索瓦丝彬彬有礼,乖乖地等着,满脸笑容看着前台小姐继续埋头工作。

"对不起,我还以为您是陪那位先生来的呢!"

前台小姐终于意识到了自己的错误,大声地说。

"没关系,"弗朗索瓦丝回答说,"这一点都不要紧,别放在心上。"

弗朗索瓦丝放下手稿,心里轻松了一点,转身向伽利玛出版社小跑而去,那是出版界的伟大圣殿。

那家神圣的出版社离朱利亚尔出版社不远,位于塞巴斯蒂安-博丹路5号——工商年鉴上是这样写的。

前台一个人都没有。她迟疑片刻:她的朋友弗洛朗丝在那里工作,但才工作了几天。如果在走廊里乱走去找她,会显得太随意。于是弗朗索瓦丝便在前台乖乖地等,彬彬有礼,满脸笑容。

一个年轻女人匆匆来到她面前,问她是不是来投稿的。弗朗索瓦丝点点头,对方便机械地伸手接过她的黄颜色信封,一口气对她说:

"用不着打电话来问结果,几个星期后,您会收到一封信。如果我们不录用,您可以回来把稿子拿回去。"

现在,弗朗索瓦丝必须去位于茜草路的普隆出版社了。那条小街永远都那么安静,很少见到阳光,却拥有一种漂亮的植物的名字。

我仿佛听见了弗朗索瓦丝的脚步声和急促的呼吸声,她在想,哪个才对呢。就像在玩轮盘游戏,押了许多号的时候那样。她的命运将在哪家出版社发生变化?

我看见她瘦小的身体,低着头在沉思,遇到了两个匆匆忙忙的男人。

两个男人的身材差不多。

第一个只露出宽大苍白的前额,额头下面可见一张小小的脸——他的大胡子和大眼镜几乎把他的脸都遮住了。他是人类博物馆的副馆长,当时只在法国大学出版社出版了一本论著,也是他的论文,而他已经不那么年轻,46岁了。

第二个男人,挥舞着双手,像是空中飞翔的昆虫,渴望出版他的《忧郁的热带》。出版人让·马洛里①一头杂乱的黑发,嘴唇厚厚的,比克洛德·列维-斯特劳斯②要年轻得多,英气逼人,第一个男人跟他比起来简直是天壤之别。

让·马洛里在普隆出版社设立了一个新丛书,名叫"人类的大地",想为新潮的知识分子——敢于冒险的作家、没有正式职务者或者是冲锋在前的人创办一家出版社。这是他最初的出版梦想,这个格陵兰岛的探险者背对着议会大厦,从茜草路往下走的时候就是这样想的。当时弗朗索瓦丝刚好迎面走过,靴子踩得石头路面咔咔响。

弗朗索瓦丝走进苏尔德拉克公馆,那里有一家印刷厂,机器总是转个不停。公馆里面还藏着一家小出版社,专门出版小说和散文:普隆书店,普隆&努里出版社的子公司。

弗朗索瓦丝走进大院时,新鲜的油墨味钻进

---

① 让·马洛里既是出版家,又是人类学家、历史学家和地理学家。
② 克洛德·列维-斯特劳斯(1908—2009),法国人类学家、哲学家、法兰西学术院院士、结构主义人类学主要创始人,国际人类学界公认的最有权威的人类学家,主要作品有《结构人类学》《亲属的基本结构》《忧郁的热带》等。

嗓子，直冲喉咙，混杂着前台那个年轻女子身上的"朱莉夫人"香水味。那是皮埃尔·巴尔曼的最新款香水，有着浓郁的皮革和紫罗兰味，圣诞节期间销量很好。"朱莉夫人"①也跟之前的那几位前台小姐一样，说着空话：手稿，回去等信，起码要几个星期，等等。

骰子已经掷出去了。1月6日那个寒冷的日子，弗朗索瓦丝随意地摆动手臂，穿过圣舒尔皮斯广场，一心想着当晚的晚宴——当天是她大姐苏珊的30岁生日。

每年，母亲都会买一个刚出炉的大大的三王朝圣饼②。每年，大家都会设法让"基基"得到蚕豆和王冠。

30岁。弗朗索瓦丝觉得那是世界的尽头了。

---

① 此处指喷了朱莉夫人香水的前台小姐。
② 三王朝圣饼是西方人在三王来朝节吃的饼，由千层酥皮包裹杏仁奶油内馅烘烤而成。饼上面经常放着硬纸板做的王冠，里面有蚕豆等，吃到蚕豆的人会被加冕成为当天的"国王"。

萨冈的1954

现在想它为时太早。但她不知道,她到了30岁的时候,将已经结了两次婚,离了两次婚,当了母亲,成了世界著名的作家,作品被奥托·普莱明①搬上银幕,由珍·茜宝②主演、朱丽叶特·格莱科演唱歌曲;被人赞扬,遭人讨厌;她将在一次可怕的事故中,邂逅死神——在一个不可考的地方。

30年。她有那么多事情要做。

突然,我觉得弗朗索瓦丝到了青春灿烂的年华,已过30岁的我,感觉到自己被"移位"了,离开了自己的躯体,进入了另一个人的生命当中。我跟随着一个女孩的足迹,看到她沿着喷泉和狮像,斜穿过圣舒尔皮斯教堂前的广场。

弗朗索瓦丝把全部的精力都放在她要送给姐姐的生日糕点上,没有注意到教堂正门的后面,德拉

---

① 奥托·普莱明(1906—1986),美国著名导演,1957年将萨冈的《你好,忧愁》改编成电影。
② 珍·茜宝(1938—1979),美国电影演员,主要作品有《少女贞德》等。

克洛瓦①创作的油画正看着她。

《雅各与天使摔跤》。②

他抬起的膝盖表明了意志,肌肉发达的背部表明了坚强,手臂和肩膀表明了搏斗的决心。漂亮的男性身体注定雅各要走向胜利。他将在一个早晨,获得上帝的青睐,作为自然人与超自然的生命搏斗。但他的腰部将留下一个不可痊愈的伤口。

因为,在所进行的战斗中,在所有完成的工作中,在所有的胜利中,都必须同意失去某件东西。

在你完成的工作中,在所有进行的战斗中,都必须同意失去某种东西。

我写了这本书又将失去什么呢?

---

① 德拉克洛瓦(1798—1863),法国著名画家,浪漫主义画派的典型代表。他继承和发展了文艺复兴以来欧洲的多个艺术流派,并影响了以后的艺术家,特别是印象主义画家,代表作《自由领导人民》等。
② 1861年,德拉克洛瓦根据圣经故事为巴黎的教堂中的天使小教堂创作了壁画《雅各与天使摔跤》。

1月11日

10天前,当弗朗索瓦丝·萨冈的儿子建议我写一本关于她母亲的书时,我正潜心写我的第三部小说。德尼斯·韦斯特霍夫是个50来岁的男人,听他说话是一种享受:他的声音温柔地流淌,有中断,但总体很流畅,就像缝衣针一针针地扎进厚厚的棉布里。

"她去世很快就要10年了。已经10年了。我想让大家记起《你好,忧愁》1954年出版时在社会上引起的反响。那是60年前的事了!"

我觉得他的建议是理所当然的,就像是一个信号。我应该去做。为了她,我放下了我正在写的小说。

为了弗朗索瓦丝。

我打电话给埃杜阿尔,很高兴地把这个消息告诉了他。但我们起了争执。他问我是否为自己的名字与弗朗索瓦丝·萨冈的名字并列印在封面上感到荣幸?别这么虚荣好不好,等等。

我给他写了一封电子邮件,对他说我受到了伤害:

有时,朋友会让你难堪,用刺耳的话损你,因为他们看得很准,他们看到了你身上隐藏得很深的东西。你的朋友会对你说:

"我爱你,所以才看到你想掩饰的面孔。看着这张面孔,我会继续爱你。也许更加爱你,爱你并且更加知道爱你的原因。因为你我都一样,我们是各有秘密的兄弟姐妹。"

如果是这样的话,你的朋友们就和你心连心了,这远不是爱情的表白能做到的。

当你的朋友跟你算账的时候,他们转过脸,透过你看着别人,通常是他们自己——也就是说,他们没有看你,而是在他们跟你之间竖起了一面镜子——那时,你的朋友就完全远离你了。

埃杜阿尔提醒我:这是一个误会,我把他的话理解歪了,他善意地嘲笑我夸大了友情;还说我认识他差不多15年来,一直在帮他的忙。我们在我工作的图书馆的大门对面那家意大利小餐馆里吃了一顿饭,和解了。

埃杜阿尔认识弗朗索瓦丝·萨冈。他跟我讲起她的往事,模仿她打电话。为了躲避纠缠,她常常用西班牙口音回答那些陌生人:"不在,萨冈夫人不在。"

我问他:"你是那么喜欢她,我不明白,作为你的朋友,我写一本关于她的书,你为什么不高兴?"

他回答说:

"我高兴,但问题不在这里。让我生气的是,你放弃了自己的小说。"

埃杜阿尔很慷慨,这一点很像弗朗索瓦丝·萨冈。

10多天来,他一直在问:"你现在在干什么?写作?"我回答说:"是的,写一本关于弗朗索瓦丝·萨冈的书。"

第一反应总是相同的,一种化学反应,好像词汇的有机组合可以引起微笑。

说出"弗朗索瓦丝·萨冈"这几个字,你便会让人们露出微笑,就像你问他们"要不要来杯香槟"一样。

我在想,接受了写她的任务,我是不是陷入了一个困境,侵犯了属于大家的东西?我突然害怕起写这本书来。

昨天,我问了德尼斯·韦斯特霍夫许多问题(她用什么香水?她是哪一年遇到帕索里尼的?1954年1月的时候,她哥哥雅克住在哪里?),他告诉我一件重要的事情:

"我母亲从来没有害怕过。"

"甚至在1954年,当她还是一个女孩的时候,还没有出版处女作的时候,您觉得她不怕吗?"

"不怕,她什么事都不怕,也不怕任何人。"

"她一定会想,评论界的反响是不是好?"

"这是她告诉我的事情之一:别害怕。"

我在笔记本上写下了这些字:

"表现出弗朗索瓦丝·萨冈什么都不怕。"

我在头脑里记下:告诉我的女儿,别害怕任何东西,只害怕一件事——害怕。

当然,弗朗索瓦丝·萨冈如果和我在一起,有可能会情绪低落,我会抱紧她——就像一个肖像画家,用别人的肖像画自己的轮廓。

我会把她推到我的床上,不安地盖上被单,擦去她脸上因担忧而冒出的汗水,那种忧虑是我引起的,跟我自己的忧虑相似。她不怕,可我怕。于是,我把自己的黑发与她的金发混杂在一起,一个极欢快的身形"显影"了,正如在相纸上那样。我只能这样做,要么就别来找我。

那是在1954年1月11日。

外面太冷了,弗朗索瓦丝的母亲玛丽·夸雷兹同意把自己的松鼠皮大衣借给女儿,尽管松鼠已死,但银色的皮毛并没有褪色,腹部处更是白得像白雪公主的大腿。这件毛皮大衣穿在弗朗索瓦丝身上太大了,以至于玛丽仿佛看见了18年前的女儿,那个新生儿,就像天赐的礼物,裹在一张被单中。

雅克在卢泰西亚饭店①一边喝干马提尼,一边等她。
弗朗索瓦丝坐在出租车上,穿过全城,若有所思地看着消失在车窗后面的彩色广告牌。奥斯曼风格的大楼布满了广告:"弗里杰科冰箱""巴黎渔夫""苏夏巧克力""雅尼克""格瓦潘",尤其

---

① 巴黎历史悠久的豪华酒店,在第6区。二战后接待过刚从纳粹集中营释放出来的囚徒。

是"大马尼埃"的那几个哥特式字母,勾起了人们想在柴火前喝烈酒的欲望。

弗朗索瓦丝的出租车沿着还没有布伦柱①的皇宫广场,路过还没有金字塔的罗浮宫和还没有马约尔②青铜像的卡鲁塞尔花园。白天,巴黎漆黑一片,煤烟一般黑;夜晚,天空变成了海蓝色。

弗朗索瓦丝通过旋转门,走进卢泰西亚饭店,耳边的嘈杂声顿时消失了,好像来到了一个隔音的世界。她的小脚在大厅的大理石地面上小跑着,她还记得,巴黎解放时,雅克的未婚妻,德尼丝·弗拉尼埃,战前叫弗朗肯斯坦,开着一辆芥末黄的罗维恩D4,把他们送到了巴黎。经过这家饭店门前时,她告诉他们说,有的家庭全家都在这里等待父亲、母亲、兄弟、姐妹、孩子回来,等待来自波兰

---

① 达尼埃尔·布伦1985年设计的场景雕塑"双平台"。在皇宫广场三面被建筑包围着的宽阔天庭里,立着布伦设计的、很多黑白条状装饰的水泥柱。
② 阿里斯蒂德·马约尔(1861—1944),法国著名雕塑家。

和德国的消息。

弗朗索瓦丝忘不了那些全家消失的家庭,尽管她从来不说。有的事情在沉默中大家都心照不宣。

弗朗索瓦丝舒舒服服地坐在铺着红色丝绒的宽大扶手椅上,品着古典鸡尾酒,充耳不闻像碎玻璃渣一样割着她的心的笑声,不理睬哥哥的那些已经醉了的朋友。

此时,弗朗索瓦丝陷入了回忆当中。

冰块发出咔嚓咔嚓的响声,尖利、清脆,非常悦耳,把她带到战争年代。

那时她才7岁。

7岁,已经很老了,老得都可以称之为"理智的年龄"了。

她那时住在韦科尔山脚下圣玛瑟林的伊塞尔。由于战争,全家离开了巴黎。离开那天,他们不得不又折返,因为母亲玛丽忘了带她那些从宝莱特买来的帽子。那是一家著名的帽店。

几个星期后,德国士兵来搜查那栋不吉利地叫做"费西耶"①的屋子。他们在寻找武器,因为抵抗组织有辆小卡车被人看见停在那儿的角落里。搜查过程中,夸雷兹一家被迫面壁而站。事情最后结束得还算不错,德国人什么都没找到。

不过,弗朗索瓦丝还记得,她双手抱头,听着陌生的语言发出命令、狗汪汪地大叫时,自己的呼吸声。她还记得,自己并没有害怕。

我觉得,对那一代法国孩子来说,也就是说,战争期间年龄还小的人,他们当中有许多想起那段往事时并不痛苦,几乎不感到害怕,常常有人说那是"放大假"。可以举两个例子:被剪光头发的女人;发现纳粹死亡集中营的照片。提起这两件事,人们很少会联想到战争,因为它们都发生在战后,却很好地回答了这个问题:"关于战争,你还记得些什么?"

弗朗索瓦丝呢?她想起的是这些:11岁时,她去

---

① "费西耶"(La Fusilière)这个名字跟法语单词"枪决"(fusiller)的拼写和发音都相似。

圣玛瑟林的一家电影院看《芝加哥大火》，泰隆·鲍华①演的一部美国电影。那是在1946年，电影放映前都会放新闻。布痕瓦尔德和奥斯维辛的画面出现了，人们看见扫雪车把山一般的尸体推到一边。弗朗索瓦丝至少要过好几秒才意识到发生了什么。

我的朋友热拉尔·朗贝告诉我，他在父母的暖气散热器罩里发现一些照片时，看到的只是丘陵。他不明白父母为什么要把"丘陵的照片"藏在散热器罩里，过了好几天才知道原因。如果说，在阿尔钦博托②的油画中，人物的脸是用蔬菜水果做的，热拉尔父母的照片上的丘陵则是骨头和残肢堆成的。

帕特里克·莫迪亚诺③后来写过一本《犯罪档案》，书中写道：

---

① 泰隆·鲍华（1914—1958），好莱坞影星，主演过《西点军魂》《黑天鹅》《碧血黄沙》和《琴韵补情天》等。
② 朱塞佩·阿尔钦博托（1527?—1593），意大利文艺复兴时期画家。
③ 帕特里克·莫迪亚诺（1945—   ），法国小说家，诺贝尔文学奖获得者，前期小说大都以神秘的父亲和二战的环境为主题。《犯罪档案》是他2005年出版的一本自传。

我13岁时发现了集中营的照片。那一天,对我来说,什么东西发生了变化。

一切尽在这两个句子当中。

这句"那一天,对我来说,什么东西发生了变化",对我们当中的每个人来说,都是一种共有体验,不管是什么年龄,什么文化背景,是哪一代人。

我回想起"对我来说,什么东西发生了变化"的那天。

当时我应该六七岁左右。

母亲在她铺着桌布的书桌上放了一本大大的历史书,我们趴在上面看。我不肯定自己完全看懂了所看的东西——我既不是说意义,也不是说内容,而仅仅是说,很难看懂那些照片的主题。

母亲告诉我,我们就属于这个团体。我们是"犹太人"。

那一天,对我来说,什么东西发生了变化。

我之所以提到这些，跑题跑得比我想的要远，是因为我从弗朗索瓦丝·萨冈的轻率举动、不敬重的言行和过于随便的态度中，看到的不是失望的潇洒，而是人类痛苦的秘密。这里面没有道理可言，她不是受害者，甚至也不是刽子手。弗朗索瓦丝·萨冈将不断挖掘被认为是毫无价值的忧伤，但我却觉得弗朗索瓦丝·夸雷兹发现了其中有一种很庄严的东西，她对它太敬重了，很难把它变成自己的东西。我知道，她小时候所住的村庄里，有个被剃光头发的妇女老是在街上走来走去。那样子，折磨了她一辈子。

"这么说，你就这样等出版商的回答了？"

弗朗索瓦丝从幻想中惊醒过来，被一个正在跟她哥哥雅克调情的女友吸引住了。

"是的是的，走着看吧！"她说着，捋回垂到额头上的一绺头发。

"怎么，有回复了？"另一人又问。

没有比这更让她尴尬的了,她想走。哥哥说得太多了,弗朗索瓦丝对他很生气。

"没有,还没有。我上星期才送稿子去……需要几个月呢!"

于是,大家纷纷发表意见,讲述逸事,说某某人在伽利玛出版社被纪德①选中了,另一人收到了回信,希望很大,还有人说普鲁斯特当年是自费出版的,等等等等。弗朗索瓦丝火了,她不想再听他们说话,她头都晕了。

这时,她的朋友韦罗妮克对她耳语道:

"跟我来,我带你去市场,我们去抽签。"

两个女孩拿起大衣,然后开着一辆黑色的汽车上了拉斯帕伊大道。

"我们去皮加勒②。"韦罗妮克声音庄严,好像情况很特别。

---

① 安德烈·纪德(1869—1951),法国作家,诺贝尔文学奖获得者,曾在伽利玛出版社任审读员。
② 巴黎北部街区,比较杂乱。

于是，两个女孩在黑夜里开着车去迎接自己的命运了。弗朗索瓦丝见算命先生已不是第一次。去年，在格鲁尔修道院路，一个大胸脯的金发女人就曾向她宣布："您将写一本书，它会漂洋过海。"结果，她受到鼓励，把躺在抽屉里睡大觉、已经被抛弃的几页纸又拿出来。

由于那个善良的女人，一切开始了，因为她预言说，弗朗索瓦丝将会写书，获得巨大的成功。

我并没有看见未来，但我这种本领，一种神奇的本领，它能让弗朗索瓦丝陷入皮加勒的黑夜当中。

在那个地势较高的街区，从12月中到1月中，临时搭建了一个市场，有几十家奇特的小屋，从布朗什广场直到安特卫普地铁站，沿罗歇舒阿尔大街一字排开。在那里可以看到用纸牌算命的女人、打靶摊档、大胡子女人①,也可以钓鱼。

我在这里提一下摄影师克里斯特·斯特伦霍尔姆②,他在20世纪50年代拍过这类市集。

我们可以去看自由式摔跤比赛……有些大胡子的侏儒会邀请我们看一小时的演出。

耍蛇的女人站在玻璃房中,让懒洋洋的蛇无精打采地缠绕着她的身体。要付钱才能看。我们被迷住了,看了足足一刻钟才走。

她工作的时间很长,休息的时候,便离开玻璃房,但从来不离开她的蛇,它们紧紧地缠绕在她半裸的身体上。"豹女人"那里总是人多得要爆棚,她让我们抚摸她毛茸茸的斑点。

我想象着弗朗索瓦丝和韦罗妮克在货摊和马戏表演场之间来往,看见她们在电动碰碰车前大笑,

---

① 直到20世纪中叶,巴黎的集市还有大胡子女人的表演。
② 克里斯特·斯特伦霍尔姆(1918—2002),瑞典著名摄影师、教育家。

咬着又圆又甜的鲜红的苹果糖葫芦,贴着男人用的大胡子,在鳄鱼女子(半人半鱼)的小屋前乐得直不起腰来。

她们提着良家少女的皮手袋,走进算命女人的小屋。

算命女人的桌子上放着几块灰色和橙色的石头,烛光突出了她脸上的皱纹,人们会猜她可能有100岁了。她戴着首饰,很多首饰。算命女人要弗朗索瓦丝抽几张牌,放在桌上,然后站了起来,拿起一个摆锤,直盯着弗朗索瓦丝的眼睛,用沙哑的声音说起了一个神奇之人:

"我看见一个人,他会栖居在你身上。几天后,有个人会来。

"某个你心里认识的人。

"某个你会喜欢上她、她也会立即喜欢上你的人,因为你有让人喜欢的本领。不过,要小心,你们的关系会走极端,因为她很无礼,很任性。她会像孩子一样喜欢上你,毫无理由。她会像女人一样爱上你,不能被人冷落。

"这个人你将交往一辈子,在你陷入巨大的痛苦时,她有时会抛弃你。她经过的时候,你总是会叫她的名字。你应该敬重她、爱戴她,因为你属于那些人,他们懂得如何让她幸福、让她欢笑、让她开心。她正在朝你走来。你一打开门,应该就能迎面看到她。"

"这个人是谁?"

"运气。"

1月13日

我的第一份带薪工作,是在一家出版社当编辑。

所以我知道投稿的命运,那是奇特之物,让人讨厌、令人激动、被人所需;或遭受各种蔑视,或受到特别重视和关注。神秘的命运围绕着这些堆成一沓一沓的纸张。读到不好的文字会让人恶心、让人伤心,就像不良食物那样难以消化。不过,有时候,当你读到让你激动、有助于你生活的文字,你的太阳穴会突突直跳,墙壁会轰然倒塌。

出版社的编辑是一些奇怪之人,有点病态,有点孤僻,有点担惊受怕,因为他们拥有的那种本领,那种"眼力",也就是人们所说的那种"灵敏的嗅觉",是一种天赐。一种既不能传递也无法解

萨冈的1954

释的能力——就像巫术一样让人害怕。

那些人看起来有些不太健康,他们独自在走廊里慢慢地走着,胳膊下夹着稿子和卷宗,1954年勒内·朱利亚尔出版社的编辑弗朗索瓦·勒格里克斯就是这样。

他绰号叫"格里克斯"或是"灰色"[①]——由于这一绰号,我把他想象成一个脸色灰白的瘦高个儿,别人取笑他,是因为他戴着"只有他自己以为别人看不出来的假发"。

1954年1月11日这天,弗朗索瓦·勒格里克斯成了《你好,忧愁》的第一个读者。

下班前,他用第三共和国的小学生(他们知道专区政府所在地在哪里,能解决火车交汇问题)那样的漂亮字体认真地写下了如下评语:

夸雷兹小姐的文字流畅自然,让人忽略了许多本应该从这本不错的小说中删去的败笔。从第一行

---

① 法语中"灰色"发音与格里克斯相近。

开始,我就被这句话吸引住了:"关于这种陌生的感情……"我犹豫不决,不知是否要反对"忧愁"这个漂亮的名字。声音不太和谐,也违反句法……作者后来还在什么地方写道"听这种大笑",而不是写成"听到这种笑声"。我注意到有许多这类稍加小心就可避免的问题。很有魅力和吸引力,邪恶而无辜,面对生活,表现得既宽容又苦涩、既甜蜜又残忍。有几页像诗又像小说,但语气连贯,没有任何走调的地方。小说生活气息浓郁,心理描写尽管有些大胆,倒也无可挑剔,因为5个人物——雷蒙、塞西尔、安娜、艾尔莎和西利尔很有代表性,让人难忘。文字当然是古典风格,在很多地方,虚拟式过去时好像比现在时更自然。但夸雷兹小姐断然拒绝。书名受全书最后几行的启发,但不是很贴切,这又是一个让人好奇的例子。作者告诉我们,夜晚来临,她看见一张陌生的脸出现了,她用这几个词来问候:"你好,忧愁"。难道说"晚安,忧愁"不更好吗?而且,这书名不是更胜一筹吗?

我保存着我阅读时所做的所有卡片，把它们当作宝贝。它们在我父母家我小时候住的房间里，放在一个很大的灰色档案夹里。我希望将来有一天能全部从头读过。在那些卡片中，就有获得巨大成功的处女小说。那是一个与我同龄的女孩写的，当时才20岁。她所读的书让我吃惊。我第一次读到我觉得绝对是"又叫好又卖座"的手稿，于是我向总编争取，我当时是他的实习生。

几年后，在巴黎的一个节日晚会上，我遇到了那个凭那本书成名的年轻女孩。那时我在香榭丽舍大街的一家戏院工作。我们当然还是同龄，但她写书成名好像让她在现实生活中大了我几岁——我还前途渺茫地在讨生活。我向她借火点烟，她漫不经心地递给我，甚至懒得看我一眼，生怕中断跟正在听她说话的一位男性的愉快谈话。

你没有看我一眼，你不知道我是谁，我心里这样想。然而，我却是光顾你的摇篮的天使之一。

我常常回想起那一幕。

我在想,在路上遇到我的那些人是谁,他们不认识我,却悄悄地参与我的生活,而我却一点都不知道。

在弗朗索瓦丝·萨冈的故事中,最让我吃惊的是,曾经光顾这个小女孩的摇篮的仙女们,所有参与创造她辉煌的、任性的命运的天使,全都是年龄很大的先生们。

首先是弗朗索瓦·勒格里克斯,然后是皮埃尔·雅韦和勒内·朱利亚尔,出版社的三巨头;然后是莫里亚克①、布朗肖②、保朗③和巴塔耶④等许

---

① 弗朗索瓦·莫里亚克(1885—1970),法国小说家,1952年获诺贝尔文学奖,代表作有诗集《握手》、小说《爱的荒漠》。
② 莫里斯·布朗肖(1907—2003),法国作家、思想家,著有《文学空间》《死亡的停止》《黑暗托马》等。
③ 让·保朗(1884—1968),法兰西学院院士,《新法兰西》杂志负责人之一,伽利玛出版社审稿委员会委员,20世纪法国出版界最重要的人物之一。
④ 乔治·巴塔耶(1897—1962),法国思想家、评论家、小说家,后结构主义先驱,著有《内在体验》《文学与恶》《爱华妲夫人》等。

多人。

一群年老的行业精英蒙上了他们的网眼短面纱,以满足一个刚刚出生的孩子的心愿。

但我们离那天还早,弗朗索瓦·勒格里克斯的审读报告才刚刚放在勒内·朱利亚尔出版社文学部主任皮埃尔·雅韦的桌上。他也准备大吃一惊吧!

1月16日

1954年1月16日晚到17日晨,勒内·朱利亚尔发现了《你好,忧愁》的书稿,甚至没有读完就决定出版。但在讲述这个晚上的故事之前,我想先讲讲前一天发生在我身上的事情。那事情太奇怪了,以至于我现在还在想,我是否真的经历过,而且,我并不知道那究竟是什么东西。

我决定约会一个开了天眼的女人,因为我觉得,写了历险中的那个饶舌女人之后,见一见"真正的"的天眼女人对这本书有好处,可以让我的描述显得更有趣一些。

作家有两种,一种深入自己内心,要挖出黑金中的所有物质,为此被迫过着苦行僧的生活;另一种需要体验生活，以便把它们描述出来——他们往往在途中迷失在传奇当中，被迫过一种有时会慢慢地要了他们的命的生活。

无论如何，我以这本书为由头，约了那个巫婆，尽管我也许不由自主地也想听听她对于我个人的看法：与我女儿的父亲分手是决定性的，我从来没有感到如此失败过。但我不但没有谈起这事，反而问了她以下这个问题："我现在正在写一本书。你能看见吗？"那个开了天眼的女人是在她位于安韦尔地铁站附近的单身公寓里见我的。20世纪50年代的皮加勒市场就在那里，不骗你。

我在此所写的这些文字完全抄自我们当时谈话时我匆匆记录下来的内容。我还原她曾对我说过的话，她怎么说我就怎么写，没有考虑"文体"，事后也没有润色以使之更为顺畅。我知道大部分读者根本不会相信我所说的话是真的。

然而，一切都是真的。我让大家自己去理解我看到的现象，想怎么理解就怎么理解，尽自己所能。我在这里只做到尽量真实。

是的,我看见您在写一本关于某人的书。写的是一个女人,她过着男人一样的生活。一个非常男性化的人,但对别人很好。那是一个什么都经历过的女人。她想做的事全做了,但自己一个人做,一个人体验了一切。

这个女人感到自己不被理解,超越时间。对她来说再也没有时间表。瞬间度过一生。

弗朗索瓦丝·萨冈。

我看见了弗朗索瓦丝·萨冈,是吗?

她在阴间里心想,这个社会为什么想毁了她。她老是问自己这个问题,向你提出这个问题。就像一场海啸,海水袭来,冲毁了一切,这个社会夺走了她的一切。为什么?

并不是她想自我毁灭。

人们确实想杀害她。

她试图弄明白为什么自己从偶像变成了被人憎

恨的女人。

人们恨的不是作家，而是她这个人。人们要她归还曾经给她的一切。

社会向她要回了她所得到的东西。她在问自己这是为什么。她想，也许是她抛弃了自己曾在社会上所代表的东西。

她抛弃了自己的出身和自己所属的世界，所以，这个世界也抛弃了她。

那些曾把她捧上天的人。

她问你，这是因为她从来不知道说"谢"吗？但对她来说，这是"正常"的。她所遇到的一切都是正常的。她不明白自己为什么要"感谢"。

然而，我们生活在这样一个社会中，人们无权把收到那么多钱看作是"正常"的，必须不断地感谢、辩解、感恩。

她不懂得说"谢谢"，她也不喜欢说。

她可以在马路上对某人说："你需要汽车吗？来吧，拿我的。"但她并没有给。大家都觉得她对谁都没有任何感觉。也许这是真的。也许她就没有爱的能力。她的全部物质都风化了。

她觉得有一个理由。

她说:"碧姬·芭铎①一生中也很自私,但她后来决定保护动物,感动了大家,大家承认她也为别人做了些事情。"但她并不需要这些,她认为,自己有权决定怎么花钱。

她说:"这也许是与生俱来的,一开始就这样。"她希望你们去找到答案。

她总认为自己不是她应该成为的那种人,而必须扮演一个人物。

(那个开了天眼的女人突然看着我,跟我说话,就像医生诊断后在开药方。)

有时,你们会想做一些你们不习惯的东西。

你们会想喝酒——那就去喝吧,喝点烈酒。

你们没什么可担心的,她会看着你,保护你,

---

① 碧姬·芭铎(1934—),法国演员、歌手、模特,主要作品有《上帝创造女人》《穿比基尼的姑娘》等。

对你非常善良。但要当心。你们可能会想抽烟,别抽太多的烟,她会抽得喘不过气来,会窒息。不过,你们可以喝酒,让她通过你醉倒吧。听之任之吧!让她引导你,走向自由。你绝不会后悔的,永远不会感到耻辱。

她要让你长大,让你成为一个自由的女人。

她想让你进她的学校,让她利用你,享受最后的时光吧!

我重读着这些可能让人觉得有点怪异的句子。关于这一插曲,我没有任何东西可以补充。我们不相信奇迹——而是发现奇迹。我可以肯定,说这番话的女人在我们见面前没有读过《你好,忧愁》,也没有读过关于弗朗索瓦·萨冈的传记。她即使在互联网上穷搜,也不可能知道我正在写这本书。

忘了这一奇特的插曲吧!我的兴趣回到了奇冷的1954年1月16日,因为出版商勒内·朱利亚尔在城里跟经济委员会主席埃米尔·罗什吃饭。朱利亚尔身材高大，英俊潇洒，厚厚的玳瑁眼镜使他的眼珠显得格外大。他是个急性子，战后已经三次收获了龚古尔奖。他的同事罗贝尔·拉封是这样说他的：

"他喜欢应酬、搞关系、在城里吃饭，这对他的工作极为有利，因为一方面可以扩大稿源，另一方面也可以跟媒体和文学评奖委员会建立战略伙伴的关系。他的出版社就是根据他的性格创立的：灵活、敏捷，想成为最后的时尚。"

那天晚上，饭桌上的话题是樊尚·奥里奥尔和共和国新任总统勒内·科蒂的权力交接仪式，仪式当天在爱丽舍宫举行。当然，谈论新总统，首先是对法国前第一夫人米歇尔·奥里奥尔感兴趣，她风度翩翩，穿着高级服装，给《巴黎竞赛画报》摆姿势拍照——那是法国人酷爱的第一夫人：出身工人家庭，参加过抵抗战争，证明了自己是属于人民的，也证明了自己的勇敢，同时还懂得如何通过自己的优雅和打扮来博得外国政要的喜欢。对法国人来说，第一夫人是否有魅力很重要，美比其他优点，甚至比道德还受人重视。

萨冈的1954

1954年1月报纸上的热门话题,是新总统的太太、法国现任第一夫人热尔曼妮·科蒂跟她的前任一比,简直是个丑八怪。她长得像男人,身体把质地粗糙的修女式裙子撑得鼓鼓的,似乎一出生就没有什么女性特征。

1月16日,权力交接那天,当法国人看到第一夫人像家庭主妇那样,穿着沾有面粉的厨房衣服接受记者采访时,个个都很气愤。好在法国人往往会喜欢他们以前不喜欢的人(反之亦然),后来很快就喜欢上了这个和蔼的胖女人,就像喜欢圣诞节的劈柴形蛋糕一样,因为她落落大方,自然和善。

谈够了这个话题、吃够了金融家酱汁串烧肉丸,客人们可能会开始谈前一天晚上在马里尼剧院发生的事情。巴黎的上流社会人士都涌向了那里,去听"新音乐"的噪声——年轻的皮埃尔·布莱①的音乐会。为了听巴赫、诺诺、施托克豪森、韦伯恩、斯

---

① 皮埃尔·布莱(1925—),法国作曲家、指挥家。

特拉文斯基①,科克托甚至不得不坐在第一排前面的地上。

也有可能,甚至很可能,在吃完用银塔餐厅②的方式做的鸭子,等着吃炸土豆片时,勒内·朱利亚尔提到了几个月前出版的金赛博士的研究著作《女性的性行为》:对女性身体的探索引入了建立在"实用现实"基础之上的"快乐观"。当勒内·朱利亚尔补充道,他正在跟作家达尼埃尔·盖兰合作,准备从法国人的角度,分析这一新的女性性学研究,出版一部名为《金赛报告》的书时,大家差点被水煮沙拉噎着。

话题还有可能停留在法国电影大奖的获得者

---

① 巴赫(1685—1750),德国作曲家、指挥家、演奏家,被尊为"西方近代音乐之父"。路易吉·诺诺(1924—1990),意大利当代作曲家。卡尔海因兹·施托克豪森(1928—2007),广受争议的德国作曲家,对整个战后严肃音乐创作领域有巨大影响。韦伯恩(1883—1945),奥地利作曲家,新维也纳乐派代表人物之一。斯特拉文斯基(1882—1971),作曲家、指挥家,西方现代派音乐的重要代表人物之一。
② 巴黎著名的高级餐厅。

上。获奖的克洛德·奥当-拉哈①改编了科莱特②的《田间的麦穗》。巴黎的一个道德与社会联盟给导演写了一封公开信,提醒他说:"您根据科莱特的作品拍摄的电影让我们感到很生气,因为关于我国广大青少年的这样一部电影,对道德建设肯定有不利影响。"这些围坐在餐桌前的人是否还提到过针对叙利亚政治的暴力示威,提到过穆斯林兄弟会和纳赛尔在埃及创建的民族联盟战士之间的冲突?又或者,他们谈到了联合国安全理事会的声明?声明的目的是"推动巴勒斯坦回归永久和平:叙利亚和以色列应严格遵守1949年7月20日的全面停战协议"。

这可能性不大。但说到底,这又有什么关系呢?对我们来说,重要的是那天晚上勒内·朱利亚尔喝多了1938年的大艾切苏红葡萄酒,轻松的话题又让他的感觉格外灵敏,结果,回家以后,"科莱

---

① 克洛德·奥当-拉哈(1901—2000),法国著名导演、美术设计师。
② 西多妮·加布里埃尔·科莱特(1873—1954),法国女作家。

特""女性的性行为""新音乐"这些词在他脑海里回响,使他能做出特别的事来。正如有的人相信,星星在天上的位置能决定一个新生儿的性格。

1月17日

午夜,当锁在玻璃柜里的黄铜挂钟敲响12点时,勒内·朱利亚尔决定在睡觉之前再看几页书。

他从淡黄色的小口袋里掏出弗朗索瓦·勒格里克斯和皮埃尔·雅韦推荐的那部手稿,就像从花冠里掏出来一样:

马莱伯大道167号

卡尔诺街59—61

弗朗索瓦丝·夸雷兹

1935年6月21日生

勒内·朱利亚尔在脑袋里飞快地盘算着:这姑娘很年轻——应该是爱情小说吧!但愿喝了那么多

酒之后,这稿子不会让他花费太多的力气。

他不由自主地想起了他喜欢的一本书,亨利·德·蒙泰朗的《年轻的女孩们》。他笑了,从扶手椅上站起来,到书架前寻找那本书,一本好玩的、嘲笑女人的书,他每次都读得很开心。

年轻姑娘就像丧家狗,你好心看它们一眼,它们就以为你在叫它们,要收养它们,于是用爪子抱住你的双腿。

在这个晚上,读读蒙泰朗的书,不是比看一个小女孩的涂鸦之作更有意思吗?

勒内·朱利亚尔把稿子放在脚边,在书架上寻找《年轻的女孩们》,但没找到。她们神秘地失踪了,勒内·朱利亚尔被迫拿起那本书名怪异的稿子——《你好,忧愁》,翻开了第一页。

我犹豫不决,不知是否要给这种陌生的感情冠以一个名字,冠以"忧愁"这个美丽而严肃的名字。烦恼和甜蜜缠绕在我心头,挥之不去。

勒内·朱利亚尔不得不重读了许多遍,琢磨第一个句子,因为他的精神还未完全恢复,仍留在已经离开的餐桌上。他擤了擤鼻子,又清了清嗓子,想重新振作起来,集中注意力。书的开头真难写啊!他心想,尤其是第一部小说的开头。那些女孩往往非常虚伪,文笔浮夸,假惺惺地谦虚,想一下子就博得读者的喜欢,却不知道自然才最吸引人。

我犹豫不决,不知是否要给这种陌生的感情冠以一个名字,冠以"忧愁"这个美丽而严肃的名字。烦恼和甜蜜缠绕在我心头,挥之不去。

晚餐让他有些醉意,视线都模糊了,勒内·朱利亚尔看见这几行字在他眼皮底下跳。他最后读了一遍第一个句子,突然发现它很美,结果他一下子酒醒了:

我犹豫不决，不知是否要给这种陌生的感情冠以一个名字，冠以"忧愁"这个美丽而严肃的名字。烦恼和甜蜜缠绕在我心头，挥之不去。

他马上就被这部稿子吸引了——不知道自己是心跳加快还是停止了——不知不觉就读了一半。这个年轻姑娘的口气就像一个见多识广的老男人，什么都读过，什么都经历过，一边说她不喜欢青春，一边勾勒出她父亲和一个情人的肖像。他惊呆了。

我想不出还有更好、更有趣的朋友……我知道他需要女人。

勒内·朱利亚尔感到血管中跳动着电流般的东西，从脖子到尾骨，迅速滚过全身，就像你仰着头在荡秋千一样。这时，在他大脑中，有许多人被招来阅读，每个人都读一遍稿子上写的字，每一双眼睛都独一无二。首先是"审读员"，也就是懂得鉴赏句子的人，能通过字里行间看出灵感。语言是有节奏的,就像音乐一样,作者要像乐队指挥一样,优秀的指挥家能不差分毫地让音乐戛然而止,好像一切都在不经意间。"这种观念深深地吸引了我:爱情说来就来,强烈而短暂。我已经过了忠诚不一的年龄。我对爱情懂得不多:约会、吻和厌烦。"

接着是"出版商"代替了审读员。现在,轮到他来看稿了。他突然问自己,写这部稿子的作者会长得怎么样?他很想知道故事是否完全是自传性质的,抑或相反,是编造的:"我父亲,也许是出于爱好,也许是出于习惯,总是把我打扮得像个注定要让男人倒霉的妖妇。"出版商有时会迷茫、着迷,那时,"男人"会取代他,一行行地读起来,被那些只能由一个天真的少女或经验丰富的妇女想出来的文字所打动——在这里,二者神奇地结合了起来,就像女版的弗兰肯斯坦[①],由各种不同的女性

---

① 弗兰肯斯坦是玛丽·雪莱创作的长篇小说《弗兰肯斯坦》(又译《科学怪人》)中的一个科学家,他用许多碎尸块拼接成一个"人",并用闪电将其激活。后来的很多幻想类作品中经常出现这个怪物的翻版,人们便以弗兰肯斯坦来指代"顽固的人"或"人形怪物"。

组成,创造了一个理想的恶魔,可以天真而狡猾地说:"你是我所认识的最英俊的男人。"

读到这些句子,朱利亚尔高大的身躯站了起来,就像一只鹳,突然伸展它黑色的长翅,准备不慌不忙地飞翔。他不耐烦地推开格子花呢长巾,脱掉鞋子,踩着羊毛地毯,跑向书桌。那是一张深色的英式桌子,厚厚的,用一整块桃花芯木做成,上面包着皮革。朱利亚尔打开抽屉,动作有点猛,前额落下一绺头发,挡住了他的玳瑁眼镜,但他甚至都顾不上把它捋上去,而是忙着找铅笔在稿子上做记录。那绺头发让他突然变年轻了。他就像个大学生,从床上跳起来,一脸惊慌地戴上眼镜,想看清眼前的文字。

勒内徒劳地在一大堆东西里找铅笔,想随手记下一些感想,与雅韦、勒格里克斯和作者分享,不能再犹豫了,这本书得尽快出。"他的吻开始了,很快就变得热烈起来,很灵活,太灵活了……我很快就发现,我更适合在太阳底下拥抱一个男孩,而不是攻读学位。"这几句话在他头脑中回响。抽屉里面小鸟状的剪刀扎到了他的指头,他骂了一声,但最后还是找到了一支铅笔。他好像正在从头到脚吻一个女人,不可能松开她,但他还是合上了这部稿子,先把其他事情了结了,然后再回来继续看稿,慌张得仿佛他刚刚读过的字句会被一块神奇的海绵擦掉似的。现在,稿子终于攥在了他手中,裹在了花呢长巾里。字句一直在那儿,让他全身都发热了,最后变成了一种狂欢:"我一直听说爱情是件容易的事,我自己也直截了当地谈论它,完全无视自己的年龄。我觉得我只能以这种方式这样谈论它,漫不经心,说谈就谈。"

第二天一大早,吉塞尔·达萨伊从拉法耶特将军路下来,发现丈夫睡在扶手椅中,身边散乱着100来张稿纸。

她弯腰捡起散落四周的稿纸,想整理一下,结果把丈夫给吵醒了。勒内突然惊跳起来:

"这不可能!"他大叫一声。

吉塞尔也被吓了一跳。

一夜过去，朱利亚尔已经酒醒，一切又变得清清楚楚：一个18岁的女孩不可能写出这样的文字。这里面有个错误的数学方程式，一个女孩，语言模仿能力那么强，竟能惟妙惟肖地描写资产阶级的习俗，她只能是这个阶级的人，但哪个资产阶级家庭允许一个女孩这样对父亲说话：

"睡得好吗？"父亲问。

"马马虎虎，"我回答说，"昨晚威士忌喝得太多了。"

哪个家长能既给后代一种无可指责的文化教育，又鼓励她像一个低级妓女一样在沙滩上失去童贞？

不。这根本不成立。

朱利亚尔甚至是吼叫着，要妻子帮助他从他昏睡的座椅上站起来,把他扶到电话间去,他家的电话真的有自己的房间。他睡得血脉不畅,都站不起来了。

他双手麻木,要吉塞尔拨通电话自动转接中心,想亲自跟那个以女孩的名字为幌子的神秘作者通话。装稿子的信封上写着作者的出生日期,这不是明摆着想要弄他吗?有人想陷害他。

但藏在"弗朗索瓦丝·夸雷兹"这个假名后面的会是什么人呢?一个男的,这毫无疑问。也许就是那个女孩的父亲,想用这部稿子作为诱饵来诱惑他。总之,是个上了一定年纪的男人,能十分准确地描写一个正在老去的漂亮女人:"40岁,害怕孤独,也许是肉体最后的冲动……也许,到了她那个年龄,我得付钱给年轻人,才能让别人爱我,因为爱情是最温柔、最活跃、最理性的东西。花什么代价都无所谓。"

他怎么会相信,哪怕是一分钟,这些文字是一个年轻女孩写的呢?怎么能寄希望于一个年轻作者来给这本书做宣传呢?如果他没有感到羞耻,他起码会嘲笑自己：这个出版人什么都信，差点上当。就在这时，妻子把话筒递给了他，依然散乱的头发像羽毛似的在额前轻轻晃动。

"您好，我是勒内·朱利亚尔出版社的勒内·朱利亚尔。是夸雷兹小姐家吗？"

"您找谁？"茱丽娅问道，她不习惯有年长的男人找弗朗索瓦丝，况且又是星期天一大早。

"我找弗朗索瓦丝·夸雷兹小姐。"他一字一字清楚地重复道。

"不行，这个点她还在睡觉，我不能以任何借口叫醒她。"

"好吧，谢谢。"勒内·朱利亚尔说完就挂了电话。

这种奇怪的回答更加证明了他的直觉。

在法国，哪个家庭会让女孩儿这样睡觉？不去望弥撒、不去做操或跟家人一起吃早饭？

雅韦和勒格里克斯对作者的身份怎么一点都没

有怀疑？他们太蠢了，太天真了。张个网就想让人往里面跳。

但连续三年获得龚古尔奖的出版人，也是你骗得了的？

1946年，让-雅克·戈蒂埃获奖。

1947年，让-路易·屈尔蒂斯获奖。

1948年，莫里斯·德鲁翁获奖。

勒内·朱利亚尔做了安排。

他给那位"睡美人"家里发了一封电报，然后请秘书星期天来办公室加班：认真接待化装成布娃娃的诱饵，好像他会吞下这诱饵似的。在这期间，他会和勒格里克斯准备盘问，弄清楚到底是谁躲在这作为诱饵的可爱的孩子后面。

"啊，终于来了。"弗朗索瓦丝发现放在她那碗咖啡加热牛奶对面的电报时，心想。

"今天下午5点在朱利亚尔出版社见面。"

她并不怀疑很快就会有消息,只是不知道要等多少天。她一口咬住面包片,宽大的面包扭曲了她的嘴,碰到了她的上颚,然后,蜜糖与黄油融化在一起,渗进面包心柔软的细孔,直到面包皮,美味极了。弗朗索瓦丝闭着眼睛在数日子。11天。等了11天得到了回复,她觉得这还是可以接受的。像往常一样,消息总是在人们不再想的时候到来,因为只需放弃欲望,心平气和,它就会因为不再被需要而感到生气,从而乖乖地来到你身边。

下午3点左右,弗朗索瓦丝向父亲随便撒了个谎,借了他的黑色别克。而此时,朱利亚尔正登上位于5楼的出版社,去找住在那里的弗朗索瓦·勒格里克斯。

勒格里克斯很喜欢阁楼上的房间,因为他很像《悲惨世界》中的马利尤斯,那个男爵喜欢读书,宁可贫穷也不追求财富和奢华。他觉得夜晚在烛光下看书,比在凡尔赛宫的镜廊里更幸福。如果同事们认为他生活太节俭,日子过得太单调乏味,勒格里克斯有办法装出潇洒自如的样子，让大家开开心心的。

弗朗索瓦丝·夸雷兹5点整到达。

谁也不知道，这个年轻姑娘与她的出版人在三个小时当中究竟谈了些什么。

对于两个互不相识的人来说，三个小时很长。当然，我在这里可以想象他们的问与答，就像我想象在这文学史上的神秘约会之前的那段时间。但时间在随着日子流逝，我得在1954年往前走，因为我现在才走到1月中旬。这本书，我已经写了一个半月，可还有那么多东西要写呢！

那就让我们略过这场谈话吧！结果是，走出办公室的时候，朱利亚尔已丝毫不怀疑是谁写的小说了：这个滑稽的年轻姑娘，像鸭子一样活泼，无疑就是《你好，忧愁》的作者。他发现了一个作家，问她希望得到多少版税，她虚张声势地回答说：

"2.5万法郎。"

"没问题，我给你翻番。"他回答说。这让弗

朗索瓦丝高兴坏了,她在希望咖啡馆找到了弗洛朗丝,自豪地对她说:

"我们拿稿费去买辆美洲豹。"

当我去弗洛朗丝·马尔罗位于大学路的家里拜访她时,她强调了"我们"这两个字。

我提早很多来到她家,这种习惯令人生气,对巴黎人来说也显得很土气。我得在她家楼下耐心地等上10来分钟,然后才上3楼。在我的写作生涯中,我将第一次遇到书中的"人物",因为在这之前,我只通过弗朗索瓦丝·萨冈的传记以及弗洛朗丝的表弟阿兰·马尔罗的书了解她。为了更好地准备这场谈话,我前一个晚上在安德烈·马尔罗①图书馆研读了他的书。

到了约会时间,我是步行上的3楼,因为我对电梯不太信任。弗洛朗丝·马尔罗好像就在门口等

---

① 安德烈·马尔罗(1901—1976),法国作家,曾任法国文化部部长,是弗洛朗丝的父亲。

我。我马上就对她产生了好感,她身体的线条非常柔和,眼睛笑眯眯的,充满了智慧和善良,跟我在书中读到的她一模一样。那些有幸接触过她的人曾描写过她。

我们俩坐在客厅里聊天,客厅里到处都是书,还有一幅大卫·霍克尼①的油画,是复制品。游泳池的颜色被太阳晒得有点褪色了。

"我记得,我第一次见到弗朗索瓦丝,是在阿特梅尔学校。她穿着一件绿色的大衣,我们俩长得很像,人们常常把我们当作姐妹。她比我小一点,是第一个详细问我战争期间生活的人。关于抵抗运动。她很特别,和别人不一样。她身上有种热情,来自她的目光,她热爱天空和云彩,我们一起在巴黎逛街,共同度过了富有诗意的难得时光。我想,

---

① 大卫·霍克尼(1937—),英国画家,受现代主义思潮影响,创作了大量腐蚀版画,代表作有《浪子的历程》等。他的作品横跨多个媒介领域,包括绘画、拼贴摄影、影像装置、舞台设计等,并一直使用最前沿的科技参与创作。

我们都相信这是上天的安排，至少她是这样认为的。我还记得她父亲常常给我们钱，让我们到利普饭店吃饭。他拿出一大沓钞票，给我的印象非常深刻。和女儿及她朋友在一起，他很高兴。这是一个常有奇思怪想的人，喜欢开玩笑：有一天，他竟化装成贴身侍女，把早餐端到了我们床头！您知道，对年轻的女孩来说，那是个滑稽的时代。我们没有权利穿长裤，也不能化妆。

"我还记得，在费纳龙中学，进门时我们必须张开双手，让人检查我们的指甲是否干净。那个时代，没有避孕措施，所以意外经常发生。有钱人去瑞士，穷人呢，那就比较麻烦了，也更加危险。我没忘记，我们经常帮助那些当文员的女孩。1954年，我曾在伽利玛出版社工作。她们来上班时都站不住脚，需要帮助。弗朗索瓦丝有办法搞到钱——她从家里拿，后来用的是她自己的钱——我们陪那些女孩去堕胎，往往是去郊区。

"弗朗索瓦丝是个救星，她总是乐于助人。我们严格保密，对家里人也不说。

"我们16岁认识时,弗朗索瓦丝已经觉得日子过得太慢了。她知道自己将成为作家,毫不怀疑自己以后将靠写书为生。第一次跟朱利亚尔见完面出来,她就对我说:'我们拿稿费去买辆美洲豹。'她之所以说'我们',是因为她没有认为那东西只属于她,她感到最快乐的事情就是分享。"

我告诉弗洛朗丝,我的书形式很奇特,介于小说、传记和自我虚构之间。所以,我对她说,她将经常出现在这本书中,我希望她能同意,成为我书中的人物,因为我希望这本书首先说的是友谊。也许是因为我对友谊比对爱情故事更感兴趣,尤其是在我生命中的这一特殊时期。我觉得自己写不了弗朗索瓦丝·萨冈的爱情,我无法投入一段爱情。于是,我对她说:

"我想,1954年,尽管肉体之爱占据了她的大部分思想,正如她在书中所证明的那样,我觉得友谊才更重要。而且,出名之后,她结识了一大群朋友:雅克·夏佐、米歇尔·马尼尔、贝纳尔·弗兰克……很久以后才遇到'丈夫'。我想谈论友情，因为爱情给我留下了痛苦的回忆。而我相信，如果没有遇到我的那些朋友，我不会成为今天这样的女人。不是说我会变得更差，也许会更好，谁知道呢？但可以肯定的是，我的生活会变得不一样。我们今天都要对别人负责，因为在这个共同体中，我们都有自己的股份。爱情就不一样了。我们经历爱情，它经历我们，但我不相信它会深刻地塑造我们。"

弗洛朗丝笑了笑，那种笑容像她的名字一样温柔。我放心了，因为对正在写这本书的我来说，她就是德尔斐神谕①的预言者。她知道。

我跟她谈起了她母亲翻译的弗吉尼亚·伍尔夫的书，我已把它作为青春期的弗朗索瓦丝的房间背景。

---

① 传说3000多年前希腊德尔斐神庙阿波罗神殿前有三句石刻铭文："认识你自己。""凡事勿过度。""承诺带来痛苦。"

"您觉得，1954年，弗朗索瓦丝会将《一个属于自己的房间》作为自己的枕边书吗？我知道，是您母亲翻译了那本书。"

"确实是我母亲翻译的……但我想她是后来才读的弗吉尼亚·伍尔夫。1954年，人们读的更多的是普鲁斯特、陀思妥耶夫斯基……我不相信会读伍尔夫。"

"啊，这太遗憾了。我还以为这会是个好主意，因为这样就跟您、跟您母亲联系起来了。"

"是吗？那就把它放到她房间里吧！这有什么关系？"

"可是，我不想写些不真实的东西。"

"您知道，安娜，重要的是，您写了一些正确的东西。"

我看着弗洛朗丝·马尔罗，心想，我以后很愿意成为她那样的人。可是，说"以后"，这很傻。我愿意现在就像她那样。我问自己，写作难道是为了成为别人？也许吧。我很愿意成为弗朗索瓦丝·萨冈，18岁的时候就写一本书，一鸣惊人。喝酒、爱、开车、欢笑，然后又是喝酒。可是，我只能是我，我驾照考了4次。总之，我宁愿坐火车旅行。

"既然您成了我的人物，您就要答应继续下去。您得读读开头，希望您能喜欢。"

回到家里，我把稿子的前10页塞进一个信封。
我交叉着手臂，看着黄色的信箱。

弗朗索瓦丝也闭上了眼睛，她在想弗洛朗丝。
弗洛朗丝在她身边时，她会激动，觉得自己是一个有人读她的书、听她说话的人。她常常想起她的这个朋友在战争期间的事，或者说，那不叫生活的生活。逃跑、迫害。弗洛朗丝得再讲讲她是怎么跟母亲克拉拉·马尔罗（婚前名叫戈尔德施米特）睡在图卢兹的消防员营地，后来又睡在洞穴里的。没有暖气，没有食物。一个名叫埃德加·纳乌姆的

19岁男孩,可怜那个快要饿死的女孩,到商店里为她们偷米。他把几粒米抓在手里,然后塞进口袋。有总比没有好。战后,他保留了他在抵抗运动时期起的名字,莫兰①。跟她们和地底下的寄生虫待在一起的,还有一个叫弗拉基米尔·扬克雷维奇的人,他给这个5岁的小女孩讲故事,后来还写下了这个句子:"在死亡集中营里,饶恕是不存在的。"

小时候,弗洛朗丝就在想,受德国人的折磨之后,她是否还有勇气忍着痛苦,什么都不说。一天,她和母亲被一个盖世太保士兵拦住:"证件。"她们的证件显然是假的。就在士兵要逮捕她们的时候,一个德军头目却决定放了她们。

"Das kleine Mädchen ist zu schön. Und wir werden sie nicht alle festnehmen können!" ②

---

① 埃德加·莫兰(1921—2008),后为法国著名思想家、法国社会科学院名誉研究员、法国教育部顾问。
② 德语,意为"这个小女孩太漂亮了,我们谁都不能逮捕她!"

后来,有谣言说,他父亲安德烈·马尔罗被杀了。可事实并非如此,他活得好好的,而且,解放后他们在一条人行道尽头重逢了。小女孩和这个英雄,两人面对恐惧时都蔑视死亡。父亲问她的第一个问题是:"你现在在看什么书?"一个美好的问题。

1月17日

朱利亚尔在与弗朗索瓦丝谈话的过程中，不断地提到一个问题：她太年轻。

当然，从商业的角度来看，这是非常有利的。

但在其他方面就不是这样了。年纪太轻，付酬会比较复杂，况且又是一个年轻女孩。那是1954年，也就是说，已婚女子，甚至包括成年妇女，哪怕年龄比丈夫大，都不能管理自己的钱财，既不能在银行开户，也不能外出工作，除非有丈夫的许可。

这位出版商知道，小弗朗索瓦丝的父母并没有读过她的书稿，因为他们第一次谈话时，他再三追问过这个问题。这会儿,朱利亚尔有点担心了,心想:读了稿子后,他们会替女儿签合同吗?万一拒绝,那就要等三年才能出版,而且,在这期间,这女孩还不能结婚。

"你父亲同意你出版这本书吗?"

"同意同意,"弗朗索瓦丝含糊地说,"我父母是很好的人。"

现在,弗朗索瓦丝必须通知他们,她的书很快就要出版了。

他们现在要读一读。

知道成百上千个陌生人要读你写的东西,有的作家开心,有的激动,有的故弄玄虚,有的说不出话来。

但让自己身边的人读稿子,那就完全不一样了,就像你正在赤身裸体地淋浴,他们突然推开了浴室的门那样扫兴。大家都感到尴尬,不得不装出若无其事的样子,缄口不谈此事,或强笑着一提而过,然后便努力不去想它。相反的情况我觉得非常少见,因为,写一本让父母高兴的书,在我看来,在准确性方面会有问题。(昨天,我在听我喜欢的一个作者朗读,他就像萨冈那么年轻。他刚好笑着说起这个话题:"我的书是给所有的人看的,除了我父母。")

要知道,关于这本书,弗朗索瓦丝并不是很自在。书中描写了父亲和女儿之间融洽的甚至可以说是爱慕的关系。父女俩有些相像。和朱利亚尔面谈的三个小时后,当她来到马莱伯大道的寓所时,全家人已经就座,准备进餐。这是周日晚餐:她的父母、哥哥雅克、姐姐苏珊以及苏珊的丈夫都在。

周日的晚餐,如果苏珊和雅克迟到这么长时间,非受到严厉的惩罚不可。但对于弗朗索瓦丝,情况就不一样了,一直不一样。

"知道几点钟了?"玛丽·夸雷兹问她。

"我给我的书找到了出版商。"弗朗索瓦丝大声地说,权作道歉了。

"太好了,但上桌之前去梳梳头。"①

---

① 引自作者与德尼斯·韦斯特霍夫的交谈。

1月31日

又是一个星期天。

半个月过去了。弗朗索瓦丝的母亲玛丽邀请几个朋友下午来家里玩。弗朗索瓦丝逃了出去,不是因为烦恼,而是因为玛丽和她的朋友们都属于古怪一族。其中有个叫玛丽·福歇让的女人,有次必须飞快地冲过客厅的波斯地毯,才能制止她枪杀皮埃尔·夸雷兹;还有外号叫"司各特女士"的奥黛特,是第二次世界大战期间罕见地加入跳伞别动队的女性之一,总之她是这样说的;克洛德·蓬皮杜,她当时还没有成为总统夫人,不过她丈夫信誓旦旦地说,在夸雷兹家里,吃的东西是"巴黎一流"的。

弗朗索瓦丝知道母亲的朋友们会盘问她关于这本即将出版的书的事,她可不愿意,所以便赖在父亲的别克轿车里,并要韦罗妮克去找她,一起到塞纳河边去转一圈。

跟朱利亚尔见面后的头几天,她依然很激动,呼吸到的空气似乎都不一样了:她要出书了。她周围的一切,物品、时间、马路上的行人、她的父母,一切似乎都根据新的宇宙起源论重新形成,因为一颗星星改变了生活。她要出书了。

但最初的激动慢慢过去了,就像马鞭草茶,茶杯里不断加水,味道就淡了。这仅仅是因为,说到底,这事太自然了,对弗朗索瓦丝来说,出书是很正常的事,这一时刻不会改变她的生活,不会的,只不过是她的生活上了正轨。1月31日的这个星期天,最终还是变得像别的星期天一样。跟未来的星期天也一样。一模一样。

她父母读了书稿。

玛丽没有作任何评论,只是纠正了几个错别字。她感到很惊讶,女儿还没完全掌握法语的句法和语法呢,就想成为作家?

皮埃尔则祝贺弗朗索瓦丝,"写得很好!"他只笑着说了这么一句。

就这些,他没有别的任何话要说了。在夸雷兹家里,生活仍像以前那样继续。至于他们心里是怎么想的,那只有他们自己知道了。说实话,我女儿还小,我想象不出读了自己的孩子写的书心里会有什么感觉。对父母来说,这应该是一种很让人不安的体验。当然,我可以向我父母提出这个问题,他们的两个女儿都是作家,但我不会这样做。

穿过城区时,弗朗索瓦丝想,根据出版人的妻子吉塞尔·达萨伊教她的生活规则,今天是寄贺卡的最后一天了。她想起了贝里埃的有汽矿泉水广告词:"祝您1954年财运当头,生活有爱有健康。"

弗朗索瓦丝发现,眼下,她刚刚经过艺术门。1月1日早上,她跟弗洛朗丝就是在那里许愿的。

再往前,她看见老佛爷商场的女职员正在撤换专为圣诞节布置的橱窗装置。这次的主题是彼得·潘①。在歌剧院广场的公共汽车站,她看见一个老保姆推着一辆深蓝色的有蓬童车。弗朗索瓦丝觉得这太像一口有轮小棺材了,她想从脑海中驱除这一想法,否则,有时萦绕在她脑海中的死孩子又会浮现出来。

塞纳河结冰了。弗朗索瓦丝从来没有见过这样的事,她父母也没见过。水闸看守员负责把冰敲烂,以保护设备。于是,浮冰在河面上随意漂流。弗朗索瓦丝开着别克,看着卖板栗的人。板栗的味道与煤和马粪的味道混合在一起。

圣马丁路上停着一辆卡车,车上装满了麻布

---

① 彼得·潘,又译小飞侠,苏格兰小说家及剧作家詹姆斯·巴里的长篇小说《彼得·潘与温迪》中的主人公,一个拒绝长大的小男孩。

袋,搬运工戴着帽子——就像火车上的检票员那样,用口哨吹着科拉·沃凯尔①的《胖女人在歌唱》,跟弗朗索瓦丝打了个招呼。他笑着想,一个年轻姑娘开着黑色的别克,这可不常见。

那时的巴黎,埃菲尔铁塔下面还能停车,地下停车场和环城高速公路还不存在。蒙帕纳斯大厦和蓬皮杜艺术中心也还没有建成,那两个地方当时分别是一家制帽厂和一家拖鞋商店。巴黎像一个巨大的工地,但在1954年的夜晚,巴黎的天上还有星星和月亮。

天那么冷,以至于大菜场的商人们都烧起了带支架的火盆,在圣奥普图纳广场取暖;晚上,气温降到了零下15度。一个陌生人,皮埃尔神甫,在卢森堡电台②发出了这样的呼吁:"朋友们,救命啊!今晨3点,在塞巴斯托波尔大街,一个女人刚刚被冻死,手里紧紧攥着一张纸,前天,一纸通令,要将她驱逐出境……"

---

① 科拉·沃凯尔(1918—2011),法国女歌手。
② 成立于1933年的一家法国广播电台。

弗朗索瓦丝在自己的汽车里思考着。

下午3点,她跟出版人在电话中达成一致,两人都认为最好还是用笔名,但她还没想好用什么笔名。可现在就要定下来,因为书的版式要开始设计了。

弗朗索瓦丝很愿意采用笔名。首先是因为她喜欢的作家几乎全都用笔名:斯丹达尔、乔治·桑、热拉尔·德·内瓦尔、吉约姆·阿波里奈尔、保尔·艾吕雅……她的书名《你好,忧愁》就是从艾吕雅的诗中借用的:

你好,忧愁,
可爱的肉体之爱。
爱情的力量,
那种可爱突然出现,
如一个没有躯体的魔鬼。

而且,再取一个名字,那就是结婚。不是跟男人，而是跟女人，因为这样，她才能感到自己是跟文学结了婚。这个笔名远远不是一个伪装，而是一件量身定制的衣服，让她想完全成为自己，而不是成为他人。

几天来，她一直在想这个问题，但一直没有想出个眉目。

回到家里，弗朗索瓦丝只剩下半个小时了，要想出一个新名字——她永远都这样，什么事情都要到最后一刻才做，到了紧急关头，才匆匆忙忙地完成。

朱利亚尔清楚地向她解释过：排版越迟，制作就越迟，出书也就越迟。而这是弗朗索瓦丝所不愿意的：3月中旬她都觉得是世界末日了。

"关于笔名，我毫无主张。"

弗朗索瓦丝在茱丽娅面前叹了一口气。茱丽娅正在做鳗鱼蛋糕，那是卡雅克地区的特色糕点，面团不断地朝里卷，最后变得像一只奇怪的蜗牛。

"查电话号码簿！"她回答说，眼睛都没有从手中的餐刀上抬起。

对呀,怎么没有早点想到呢?然而,最温柔、最漂亮、最惊人、最迷人的名字,不论是国家名还是人名,都在普鲁斯特的《追忆似水年华》中。弗朗索瓦丝当然饥不择食、不分次序地阅读过,从《消失的阿尔贝蒂娜》①开始。她15岁的时候就读了普鲁斯特的书。阅读普鲁斯特,并让他留在自己的心中,这是双重教育,生活的教育和文学的教育,而文学是没有定律的。

"我是在阅读普鲁斯特的过程中产生写作这美好的念头的,这个爱好难以控制却一直得到了控制。我发现,写作并不是空谈,很不容易……"

弗朗索瓦丝正埋头翻阅厚厚的几本《追忆似水年华》,有几千页,手指在紧张地翻动,好像在翻

---

① 《追忆似水年华》共分7卷。

阅商品目录，给自己选择婚纱一样。

一个个名字在她眼睛底下蹦跳，在字里行间颤抖。韦吕德子爵夫人、谢尔巴托夫公主、瓦朗蓬夫人、饶舌的西多尼亚公爵，还有富得流油的昂布尔萨克小姐们，与父母一道在巴尔贝克度假。这些名字都让她感到陶醉，因为无论如何，弗朗索瓦丝都必须选择一个。是的，一个不可替代的名字会蹦出来，就像赌场的轮盘号码——不过，象牙弹子这会儿还在赌盘上滚动。

斯特玛丽娅小姐、泽丽娅·德康布梅、德卡普拉罗拉公主、达格里让特王子……这些名字发音奇特，她很喜欢。但名字好听并不是唯一重要的，还要考虑这些人物在书中的重要性，比如贝尔戈特。那个作家受人敬仰，被人妒忌，富有灵感，身体有点让人不安，他常去拜访盖尔芒特公爵夫人，后来死在维米尔[①]的一幅油画前。

是的，贝尔戈特，好名字，弗朗索瓦丝心想，

---

① 约翰内斯·维米尔（1632—1675），荷兰画家，代表作有《戴珍珠耳环的少女》《花边女工》《士兵与微笑的少女》等。

尽管她觉得听起来有点像女性的名字。

"茱丽娅,你觉得弗朗索瓦丝·贝尔戈特这个名字怎么样?"
"哦,不,太难听了,蠢死了。"

于是弗朗索瓦丝又沉浸在《追忆似水年华》当中,目光在《鲜花少女的影子中》的句子里不断地移动。

"奥黛特,萨冈对你说'你好!'"

首先吸引她目光的并不是"萨冈"这个名字。
而是"你好"这个词。

看到她从艾吕雅的诗中借用来的这个简简单单的"你好"二字,白纸黑字地写在普鲁斯特的书中,好像所有的"你好"都手拉着手,从一本书跳到另一本书,来到这个年轻的女作家跟前。"你好"这个词

就是一条系谱线,把那些著名的男人与她秘密地连在了一起。于是,她完整地读完了这一段:

奥黛特,萨冈对你说"你好!"斯万对太太说。事实上,王子就像是戏院、竞技场或古画中的主角,风光地站在马前,向奥黛特夸张地深鞠一躬……

萨冈王子,确有其人。他怪异和哗众取宠的一面吸引了弗朗索瓦丝,他既是个花花公子,也是个骑兵军官,衣着总是非常时髦,"在巴黎指挥着一群上流社会的人物和一些不可信赖的人"。

弗朗索瓦丝在头脑中记住了这个名字,然后继续寻找,她在博朗热这个名字旁边做了一个记号——瞧,康布雷的这个书商兼杂货商,叫这个名字挺滑稽的。

再说,为什么不取康布雷这个名字呢?弗朗索瓦丝·康布雷,听起来挺美的,比弗朗索瓦丝·博朗热好听。弗朗索瓦丝认真考虑了这些名字，就像站在衣架前，快速地想象自己穿着一件件婚纱的样子。还有个名字叫埃尔斯蒂尔，是奥黛特的画家情人。这个名字多么温柔啊！可为什么不叫文特伊呢？有点自负，有点理所当然；还有绰号叫"苹果"的鲍梅里埃尔，以及对花语烂熟于心的谢雷格尔先生。

接着，弗朗索瓦丝的目光落在了这个句子上：

确实，那些名人都在盖尔芒特家里见过帕马公主和萨冈公主（弗朗索瓦丝经常听到别人谈论她，她觉得既然是女性，根据语法规则，应该叫她萨冈特）。

她的名字"弗朗索瓦丝"首先吸引了她的注意，就像先前的"你好"一样。就这样，"弗朗索瓦丝"和"萨冈"这两个名字，被普鲁斯特的句子的语法连接了起来，就像一面反过来的镜子。但这里指的不再是王子，而是公主。

这种双重身份让弗朗索瓦丝感到很高兴:一半是男人,一半是女人,既是堕落的花花公子,也是上流社会的贵妇人,到哪里都像在自己家里一样受到接待,周围都是同一阶层的公主,脖子上戴着珍珠项链。这一形象跟她日后的传奇十分吻合,且已包含在她的名字当中,因为这个名字意味着她会赤着脚,涂着指甲油,开着跑车;意味着她在赌场可以输掉一切,问看门人要200法郎搭车回家;意味着她可以爱男人或女人,因为重要的爱,不一定要爱得很深,但要爱得强烈。选择了这个名字,也就选择了快步到来的一切,正在靠近的一切,就像童话中吃人魔的影子慢慢地投射在墙上。

就在这个时候电话响了,弗朗索瓦丝·夸雷兹找到了自己的名字,今后,她将永远叫做弗朗索瓦丝·萨冈。看到写在纸上的这几个字,我才第一次意识到,萨冈和"带血"只是字母顺序不同而已。[①]

---

① "萨冈"在法语中为Sagan,"带血"在法语中为à sang。

2月2日

10天来,我一直没有住在自己的公寓。

我女儿度假去了,一个去国外工作的女友把她位于巴黎郊区的小屋借给了我。四壁回响,我能听见邻居们的声音,好像跟他们同住一室,这让我感到愉快而放心。

除了和幽灵般的邻居一起生活,我不为任何人,或者说几乎不为任何人。

我只为弗朗索瓦丝才在那里。

我在想她,无时无刻不在想她。

我只谈论她,无时无刻不在谈论她。

今天读到萨冈的这个句子,我仍感到惊讶:"我看见一片沙滩,我站那片沙滩上,一个小男孩站在我旁边。"我相信,每个年轻女子都在心里把自己想象成一个理想的摄影师,这个神秘的摄影师引导着她的每一步。过去,每当我痛苦的时候,都有一个形象在鼓励我:将来有一天,我会成家,照片上有许多孩子,有孩子们的父亲和我。

这张照片将不再存在,它会转瞬即逝,我必须接受这种状况。可我做不到。

我重新回想起来。我怀孕的时候,我们曾想把未来的女儿叫做弗朗索瓦丝。可当时,吕倍卡和埃玛纽艾尔在英国弄了一只母猫,并把它带回了巴黎,给它取了这个名字。我们只得放弃这一打算。

我又想起了那个幸福的时期,想起了2010年1月1日。我们在我们的新公寓里醒来。我们在那里过了初夜,我对自己说:你一辈子都不能忘记这一天。在那个1月1日,幸福拥抱了你,给了你一个热烈的吻,应该永远记住那种温柔。

是的,我一辈子都会记住2010年的1月1日。但今天我知道,如果说那份爱情没有留住,仅仅是因为爱情并不存在。

"……你变得理智了,忧伤了。那个人不属于你。"①

于是,我听从弗朗索瓦丝的建议,一天晚上,接受了晚餐邀请。

朱利安得知了此事,对于我们的分手,他说他为我们伤心,似乎希望事情能够顺利解决。我相信他。

他建议我改变主意。

我同意了,要他邀请我去利普饭店,因为,我对他说,那样会让我感到很高兴,我很喜欢那个地方。其实是因为我很快就要描写在那家饭店发生的事:我想写弗朗索瓦丝和弗洛朗丝共进晚餐的场面,她们两人拿着皮埃尔·夸雷兹给她们的钱,一大沓票子,到那里吃晚餐了。

走进大厅,我用目光寻找的不是我的朋友朱利

---

① 引自《你好,忧愁》。

安，而是我的人物。在明亮的灯光下，大厅的地砖是水蓝色的，图案是异国植物。

我试图从中看到两个13岁少女的面孔——今天应该跟她们当年一样——在那些跟她们的祖父母年龄相仿、生活富裕的有钱人当中，面对面坐着吃饭。我被弗朗索瓦丝"迷住"了，就像在这之前的那么多人一样，除了她，没有任何东西能让我感兴趣。我完全被她震慑了。而且，那天晚上，我穿得像佩吉·罗什[①]：红色的裙子，红色的领子，红色的皮靴——就差一副眼镜了，我好像按着汽车喇叭走进了那家著名的饭店。

最后，我们根本就没提分手的事，而是谈朱利安要写的一本书。"15年来，"他在A4纸上记下了他在生活中想留下的一切、听到的断断续续的谈话、刚巧听到的句子、头脑中闪过的思想。他给我看地窖的照片：地上是成百上千份笔记，那些纸张就像是大海中的一大片浪花。

---

① 法国时装设计师，时尚杂志记者，萨冈晚年的闺蜜。

"我已经着手分类。"说着,他停下来,"别人跟你说话的时候,总觉得你心不在焉。"

"是的,我知道,我女儿的父亲老是指责我这一点,说我没在听他说话。"真的,当他问我问题的时候,我常常没回答他,但我不是故意的。

"是因为你不感兴趣?"

"不是,是因为我沉浸在书中,永远如此。我相信,开始的时候,他之所以喜欢我,是因为我写作。但后来,这成了一个障碍。它在日常生活中的结果,你看见了,总是一样的。分手的原因,跟当初把我们吸引到一起的原因完全一样。"

"你在写下一部小说?"

"不是,我在写一本关于弗朗索瓦丝·萨冈的书。"

永远是同样的反应。听到"弗朗索瓦丝·萨冈"这几个字,他的面孔放光了。朱利安笑了,重复道:"啊,弗朗索瓦丝·萨冈!"果然如此。神了。

我跟他说起在那个开了天眼的女人家里的事,把他逗笑了。出了饭店,我们去桅楼书店,我在那里预定了几本1953年和1954年出的书。

书店老板很和蔼,我们开着玩笑。由于预定的书没到,我请他给我们一些建议。我们聊起天来。

"您是哪个地方的人?"朱利安问。

书店老板没有回答,他看着朱利安,等着对方补充问题。

"您的说话方式,您的奇怪口音是哪个地方的?"朱利安追问道,"她也是(朱利安指着我说),她一说话,我就知道她来自哪个地方。我们不太知道是哪个地方,但那是她的地方,她滑稽的说话方式。"

"确实,我说话很快,"书店老板承认说,"我跟你们说件事吧!以前,曾有几个晚上,一个留着发绺的小妇人来书店找书。我一眼就能认出她来,不是凭她的脸,而是她的发绺,她的脸变化很大。她就是弗朗索瓦丝·萨冈。她来书店买书。当她碰巧在收银台遇到我时,我们就打赌看谁说话更快。于是我们就飞快地说起话来。太滑稽了。我们经常开玩笑。"

走出桅楼书店时,我大声地对朱利安说:

"喂,你看见了吧?关于那个开了天眼的女人,我没有骗你。那个书店老板为什么毫无缘由地突然说起萨冈来?我们事先谁都没有提起。我们随便聊,他便跟我们说起弗朗索瓦丝·萨冈。你看,她在那儿。她无处不在。"

2月3日

平生第一次看见自己的名字出现在一本书的封面上——无数次梦想和想象的封面，突然就出现在我们的眼前，它开始存在了。我相信，看见封面，任何一位作家都会产生强烈的情感，掺杂着厌恶和欢喜，因为，如果说一本书的封面只是一个图像，这个图像却是会动的。它活动着，想告诉大家："写了这本书的人从此以后就是作家了。"而在这之前，他只是一个作者，现在，他成了作家。至于是好作家还是蹩脚的作家，这不是问题。没关系。第一部小说的封面非常重要，它明确地告诉大家，你已被神秘地划归一个团体，作者们往往从童年时代起就梦寐以求的那个团体。

弗朗索瓦丝·萨冈前往大学路去看她的书的封面设计，书很快就要开印了。她把父亲的"别克"停在朱利亚尔的"凯迪拉克"旁边，心里非常高兴。经过长时间的梦想之后，她从此将开始过自己的生活了——没有比这更开心的事了。

同一天上午，她接到普隆出版社的一个电话。该社的审读员，也是《巴黎竞赛画报》的记者米歇尔·德翁，觉得书稿不错，但社长夏尔·奥兰戈耽误了三个星期，所以直到今天才打电话给这位姑娘。

我想象弗朗索瓦丝接受了恭维，并乖乖地听从建议。

"当然……还有很多地方要修改……不仅仅是句法，也包括全书的叙述结构……您的文笔还很嫩、很弱……这很正常……您很快就会学会的……我们一起来改，如果您愿意的话。"

我敢肯定，她很高兴地让他说完，然后才告诉他，很抱歉，她已经接受了别的出版社的合约。

看到封面上有弗朗索瓦丝·萨冈这几个字时，

弗朗索瓦丝笑着问自己："在我的书上署名的这个女人是谁呢？"

但很快，直到她走向生命的终结，看到"弗朗索瓦丝·夸雷兹"这几个字时，她才会产生一种"特别奇怪"的感觉。

当然，她也喜欢伽利玛出版社的那种米黄色的庄重的封面。红色和黑色的镶边，NRF①三个字母，就像是一艘船，在浩瀚的文学海洋上漂动，它的版式既严苛又自信，很有个性。但命运已经做出另一种选择，她通过另一扇门进去了，一家更年轻、更商业化、文学性没那么强的出版社。没错，没那么威风。它巴伐利亚森林绿的镶边有点时髦，"你好，忧愁"几个字眼看要从框中溢出来，似乎要破窗而出，那扇窗户对它们来说太小了。"朱利亚尔"这几个字是大写的，大胆地模仿伽利玛出版社的字样，好像想借伽利玛出版社的光，以欺骗购买者。

但这又有什么关系呢？弗朗索瓦丝心想。

---

① NRF为"新法兰西杂志"的缩写，伽利玛出版社的原名。

没关系。

她很自豪,知道自己的书将被人读到。

今天,这才是最重要的。

但不仅如此。

对她来说,重要的是直接跑去罗切斯特酒店。

我们今晚,最迟明天,需要5000床被子,300顶美式大帐篷,200口催化燃烧锅。赶快送到博埃蒂路92号罗切斯特酒店。

在塞纳-圣德尼,一个三个月大的婴儿被冻死在一辆改变用途的公交车里,父母带着他在里面过夜;然后是塞巴斯托波尔大街,一个老妇女在人行道上被冻僵。这两具尸体催促着弗朗索瓦丝,她想响应那个谁都不认识的神甫的号召:起码带两件毛衣,再从家中的柜子里找几双旧鞋。

"要等你母亲许可,她今晚会回来。"茱丽娅对她说。

"不不,不能等,我现在就得去,你希望今晚还有其他孩子死去吗?"弗朗索瓦丝回答说。

茱丽娅·拉封为夸雷兹家服务了23年。那是来自卡雅克地区的一个年轻妇女,弗朗索瓦丝就出生在那个村中的祖屋里,环城路45号。

卡雅克是洛特省的石灰岩地区,是他们的老家,一个不可侵犯的美丽的地方。只有在那个地方萨冈才能得到一点休息,但弗朗索瓦丝现在还不知道这一点。她离童年还太近,不会喜欢它,相反,她想不惜一切代价地离开它,不再去那里度假。她现在觉得那里烦闷死了,宁愿去蓝色海岸,她喜欢奥斯戈尔的欢乐。但很快就会有一天,她将知道度过童年时期的那个地方是神圣的,不变的。在已经废弃的屋子里与年龄相仿的孩子玩游戏,在动物和想象中的生命的陪同下在田野中散步,这些,是任何东西都无法替代的:

一到5月,草地就已经向夏天低头。高高的青草因炎热而萎靡,弯下了腰,它们被晒干了,趴到了地上。远处,在盆地上方,拖沓的水汽在夜空中蒸发。房屋本身呢,粉红色的墙面斑斑驳驳,上面的百叶窗似乎藏着什么秘密,下面的落地窗似乎给人带来什么惊喜。这房子就像一个昏睡的老妇人,不知什么原因,眼看就要充血。[①]

茱丽娅就来自那个神奇的地方,她是1931年离开那里的,在夸雷兹家当厨娘与保姆。她的爷爷吕西安·拉封是附近村里的一个木匠,她看着弗朗索瓦丝出生,可以说弗朗索瓦丝是她带大的,她每天晚上给弗朗索瓦丝讲故事,其中包括《塞甘先生的兔子》[②]。那只兔子是那么勇敢和强大,不惜为了一天的自由而选择死亡。但听到故事结束,弗朗索瓦丝也没有哭:她太了解塞甘先生的那只小兔子了。

"终于到了!"那只可怜的动物说,它就等着死去的那天呢!它躺在地上,漂亮的白色兔毛上沾

[①] 引自萨冈的小说《厌战》。
[②] 都德《磨坊书简》中的一部中篇小说。

满了血……

这时,狼扑向小兔子,吃掉了它。

茱丽娅和弗朗索瓦丝两人的个子都很小,她们踮着脚尖,摇摇晃晃地站在小凳子上,再垫上一沓书,从柜子上方拨下一个四四方方的箱子。那是一个黑色的帆布箱,钉着黄铜的钉子。弗朗索瓦丝的眼睛睁得大大的,好像在看《金银岛》历险记中的宝盒。

当她们看见旧箱子里装的东西时,立即就屏住了呼吸。掀开几个枕套之后,里面露出了一套孩子的服装,散发出干熏衣草和樟脑丸的味道。

新生婴儿的内衣,叠得整整齐齐。

一个象牙玩具,一块摇篮金属牌,一件领圣体时穿的白长衣以及"蓝侏儒"玩具店的一份产品目录。

一块银质的出生牌,上面刻着"莫里斯"的名字。

茱丽娅浑身颤抖,因为她知道弗朗索瓦丝不应该看见箱子里面的东西。从来没有人跟她说过莫里斯的事,说起过那个小男孩,那个小孩在摇篮中死于脱水。

弗朗索瓦丝看见茱丽娅面对孩子的衣服,眼泪夺眶而出,手忙脚乱地赶紧关上箱子,她觉得周围的一切都在打转。

因为家里并没有真正的秘密。秘密在安静地等待被泄露的时刻,并在耐心等待的过程中,默默地勾画自己的轮廓。

总是避免的话题,大家都不说出口的名字,一带而过的故事……所有这些不正常的谈话都导致了对现实的误判。我们的亲人、父母、妻子或丈夫,设法瞒着我们什么,然而那种事情却明显存在,通过一系列沉默,而不是联想,在我们的脑海中勾勒出一个故事的线条,人们试图遮掩这个隐藏着的故事。如同被称为"错觉轮廓"的视觉幻觉,大脑产生了主观的轮廓:在"空"的图案中,我们察觉到虚幻的三角形,但我们以具体的、真实的方式来阐述,来重建,结果清楚地看到了其实并不存在的三角形。

所以,在父母的房间里发现藏在帆布箱中的孩子套装,弗朗索瓦丝并没有感到惊奇。这一时刻,她以某种方式等待已久:人们终于向她解释了夜晚让她害怕的东西,那些情形有时会在白天的任何时候强行闯入她的脑海。但愿她最后能明白,为什么死去的孩子们会常常纠缠着她,跟她说话。这种发现并不是一种痛苦,而是一种解脱。能够用语言来解释暗中的痛苦,把一种荒谬的恐惧变成具体的痛苦,这是件好事。

于是,茱丽娅告诉了她关于莫里斯出生的事:那小男孩总是在笑,但有一天突然死去。人们发现他在摇篮里一动不动,已经没了呼吸。酷热的一天。茱丽娅那天不在。是谁发现这孩子死去的?是玛丽还是苏珊?关于这一点,什么都不清楚,谁也没有再提起。

这一事件之后的几个星期,几个月,对夸雷兹一家来说是十分可怕的。这些如此开心、如此搞怪的人，喜欢组织化装舞会，跟邻居开玩笑，现在却让失望进了家门。生活停止了，直到有一天，玛丽觉得乳房变硬了，鼓起来了，非常想吃螃蟹、喝白酒。这些迹象根本就骗不了她：她又怀孕了。她看了丈夫一眼，要他开格拉罕-佩杰敞篷车，带她去多维尔吃甲壳类动物。皮埃尔明白这是什么意思，咧开嘴笑了，眼里冒出了泪花。

玛丽想肯定还是个男孩，跟那个死去的男孩一模一样，但要强壮得多。

她太确信了，所以听到母亲大喊"是个女孩"，把孩子抱到房间里，抱到她生另外三个孩子的床上时，她大吃一惊。她把给男孩取的名字改成了阴性，抱起了小女儿。女儿太小，太羸弱了，一刻都不能疏忽。大家都温柔地爱她，非常爱她，爱得很过分。像是发生了奇迹，人们一接近这个孩子，她就露出幸福的微笑。

所以，她出生之后，父母只要看着她呼吸和生活，就会大笑起来，似乎把全部的眼泪都笑出来了。这个叫弗朗索瓦丝的婴儿拥有一切权力，得到了一切许可，能获得所有的礼物。

我得教她用我的雷鸣顿打字机打字。这是老板的女儿，这个被宠坏的孩子的要求让我感到有点生气。看到她开电动车或骑马，人们就知道她以后会与众不同。①

弗朗索瓦丝和茱丽娅沉默了很久，两人紧紧地挨着。弗朗索瓦丝想起了那个小男孩，他以某种方式，陪伴着她的童年时光，就像一对幽灵般的双胞胎兄妹。她第一次开童车就是和他一起，也是和他一起，从自行车上摔下来、爬树、跟绵羊玩、在田野里跑。

从她出生起，莫里斯就一直跟她在一起。

弗朗索瓦丝和茱丽娅重新把东西整理好，把箱

---

① 引自《弗朗索瓦丝·萨冈：一个传奇》，让-克洛德·拉米著，法国水星出版社，2004年。

子放回原位,一言不发。接着,弗朗索瓦丝从她挂衣服的壁柜里取了两件暖暖的毛衣,那是母亲买给她的圣诞礼物;一件卷毛羔皮大衣,苏珊生完女儿后就不穿了,因为腰部太紧;两条丝绸围巾,其中一条是爱马仕的,是父亲送给她的15岁礼物;一条白底橄榄绿的方巾,上面印着雨果·格里卡尔画的4辆马车。东西还是新的:没有洞,没有泪水,没有味道。她从衣橱里拿出她最贵的、最宝贝的东西,放进一个大手提箱里,然后拦了一辆出租车,对司机说:

"请去罗切斯特酒店,先生。"

"怪了,我今天上班以来,您是第三个要去那里的顾客。如果您跟刚才那个人一样,我就把您放在香榭丽舍的拐角了。"

确实,他们来到博埃蒂路口的时候,弗朗索瓦丝惊讶地看到,人群从四面八方涌来,挤满了这条狭窄的小街,就像一条充血的肢体。有的抱着盒子，有的已经放下东西，正努力从小街上挤出去。堵在里面的汽车按着喇叭，有的上流社会的妇女掩护着自己身上的巴尔牌服装和毛皮大衣里面的花冠裙子；修女们戴着白色的大修女帽，就像画着图画的纸张，在天上飞翔；大商场的职员们送来了毯子和衣服，家庭妇女们抱来床单，工人们送来了罐头。大家全都在寒冷中排着队，等在罗切斯特酒店的转门前。酒店的三面旗帜一直在飘扬。

弗朗索瓦丝突然听见人群朝一个大胡子男人的方向嗡嗡地低声说起话来。这是大家第一次近距离看见他，他一脸又粗又密的长须，头戴贝雷帽，身穿无袖长套，他就是抵抗运动开始后改名为皮埃尔的亨利·格鲁埃。他在巴黎郊区试图重建乌托邦，帮助弱势群体，从此人们就叫他"神甫"。皮埃尔神甫中午时分一声召唤，人们便不断涌来，让他感到有些惊讶。

号召一发出，很快，一个小时后，先是来了10来个人，然后是20来人，后来变成了100来人，人们觉得数字不会就此停止。确实，酒店大堂最后要接待几千人,放下无数纸盒。东西太多了,必须立即征用奥赛博物馆的大厅,否则根本放不下。

一个男人拨开人群,走到神甫旁边,递给他一个信封,里面装着100万法郎,全都是1万一张的纸币。"我太丑了,您将来不会认出我的。"他说。

但事情并没有到此为止。几天后,那位年轻的神甫接到一个邀请,要他去克里翁饭店,那个旧宫殿很像是一栋行政大楼。

皮埃尔神甫在那里见到了一个全世界人民都认识的小个子男人,但他不认识,因为他从来不上电影院。

"我欠您几百万。我不是给,而是还。它属于一个流浪汉,那就是过去的我,我代表他,这不过是物归原主。"查理·卓别林说着,递给他一张200万法郎的支票。

傍晚,弗朗索瓦丝回家后,把自己关在房间里,不想见父母,也不想见哥哥姐姐。他们全都被她出生之前就有的一种生活,被他们已经分享了18

年的秘密联系了起来。他们竟然如此欺骗她,还怎么能让她相信他们爱她胜过一切,她是他们最宠爱的孩子,最亲爱的妹妹?弗朗索瓦丝呼吸着新生活的空气,为此,她点燃了一支香烟——这是她第一次独自抽烟,动作奇特,几乎很不真实。但她在童年的房间里一边照着镜子,一边吐出来的烟,就像是戏台上的假烟,背景的一种成分,让她生活的环境和生存的环境变厚了。弗朗索瓦丝·夸雷兹观察着弗朗索瓦丝·萨冈抽烟的动作,看着她女性化的手腕线条,她扬起下巴,把滤嘴塞到嘴里,眨了一下眼,就像布娃娃,当人们让它们躺下来的时候,它们会弯下腰,塑料的睫毛眨动几下。

我就是这样想象弗朗索瓦丝的,因为我没有看到过任何资料,说她响应皮埃尔神甫的号召,去过罗切斯特酒店。我没有任何证据,但她是那么慷慨,她不这么做又能怎么做?我想不出来。至于她看见了莫里斯,我也得想象,因为她从来没有在书中提到过,更没有在采访中说起过。她懂得如何接受采访,具有音乐家的那种才能,有创作赋格曲①的本领。

"她有没有跟您说起过她死去的哥哥?"

"没有,从来没有。"弗洛朗丝回答说。

"可您知道。"

"不知道,我是后来读一本关于她的传记时才知道的。"

"我理解,一个家庭,尤其是在那个时期,如果孩子死了,他们是会深深地保守这个秘密的。可我觉得奇怪的是,她说话那么随便,渴望知道真相,却从来没有跟别人,哪怕是跟她最好的朋友说起过这个悲惨故事,这是我不明白的。"

"应该知道,那个时代跟现在不一样。而且,那就是弗朗索瓦丝。"

---

① "赋格曲"(fugue)在法文中与"失踪""逃奔"为同一个词。

2月15日

10天来,我什么都没写,文思枯竭,毫无进展,指尖缺乏灵感,就像掷骰子,数字臭得要命。

我必须写在花神咖啡馆的一个场景,时间是1954年2月15日。她在咖啡馆的一角烦闷地等待自己的书出版,而与此同时,鲍里斯·维昂[①]正在写歌曲《逃兵》。皮埃尔·埃巴尔坐在他旁边。但我既没有勇气,也不想写。

怎样抓住逝去的时光?我抓不住的。突然,我第一次跟我这本书较劲。我怕如果我工作不卖力,弗朗索瓦丝会抛弃我。我必须重新鼓足勇气,把她找回来。

---

① 鲍里斯·维昂(1920—1959),法国小说家、剧作家、诗人,代表作为《岁月的泡沫》。

2月17日

马让塔大街170号,卢克索电影院的后埃及风格的柱子上,深蓝色的马赛克与金龟子、眼镜蛇和法老的脑袋混在一起。我看见弗朗索瓦丝坐在里面看《凡尔赛宫艳史》。她穿着天主教工人青年会的那种裙子,感到很不自在,她后来再也没有穿过。

萨夏·吉特里[①]的这部新片刚刚上映,这是一件大事。不仅因为这部影片的趣味前所未有,而且,这部在凡尔赛拍摄的影片,聚集了当时所有的名演员,扮演路易十四的情妇罗西尔小姐的是一位年轻的女明星:碧姬·芭铎。萨夏·吉特里在寻找一个"不贵"的女演员来跟让·马雷演对手戏。碧姬跟弗朗索瓦丝年龄相同——大几个月,她的脸已经上了《女性》杂志的几期封面。她只有18岁,但为了

---

① 萨夏·吉特里(1885—1957),法国剧作家、演员、导演。

能在外面睡觉，跟一个俄罗斯男人结婚了，早已成为报纸的采访对象。她也一样，做什么事都要征得家长的同意。

弗朗索瓦丝·萨冈看着银幕上碧姬·芭铎的大胸，因为她在电影里穿着洁白的纱缎裙子，人们只看她的胸。弗朗索瓦丝想起了自己的胸脯，太小了，那么小。如果你有大胸，你会有什么感觉？这是一个大问题，老是萦绕在人们的脑海里，未来的年轻姑娘都不会否认。

我很乐意想象两个年轻女孩面对面站在一起，她们有那么多共同之处，两人都出生在富裕家庭，决定享受别人给她们创造的身体。这具身体受过古典舞蹈和骑马的训练，受到上流社会纪律的约束。两个孩子都闯进了战后的法国社会，准备颠覆所有的秩序，迷住男人，吸引年轻人。但在1954年2月17日那天，她们还什么都不是——或者说，几乎什么都不是。

碧姬·芭铎是转瞬即逝的时尚女郎，也就是

让·加班后来所说的"赤身裸体散步的东西"。同样，评论家艾田蒲也这样写道："我们这个时代的两大恶：可口可乐和弗朗索瓦丝·萨冈。"两个前途无量的年轻女子，出生于同一阶层，来自既传统又任性的有产者家庭。她们的母亲也很相像，都爱被人簇拥，爱打扮，戴各种帽子，喝香槟，在山区度假，很快就忘了战争的严苛，越快越好。

弗朗索瓦丝和碧姬是一对远亲，法国等着败坏她们的名声，指责她们的言行：她们应该交代清楚。因为命运已经行动起来，由不得她们，她们无法让它停止。她们付出代价后才知道，成为引起轰动的女人绝不是什么好事。

弗朗索瓦丝·萨冈和碧姬·芭铎为她们那一代年轻女子开启了自由与性解放之路，同时也是被用来反对其自身阵营的武器，事情都有两面性。人们用这两个孩子来吓唬女人，法国的女人，参加过抵抗运动的女人。那些女人应该都冒过险、工作过，有的遭到了逮捕、折磨，有的被剃了光头，为法国的错误付出代价。由于环境所逼，她们成了日常生活中的战士——我们很希望看见她们重新成为平民百姓,带着孩子,做着家务。这些妇女上了年纪,由于生孩子,身体有些疲惫,她们应该在有空位的地方掌握权力,实现自己的欲望:不是在性方面,而是在身份方面。这个由男性主导的社会将遏制她们的冲动,用她们自己的孩子来吓唬她们,那些不可思议的年轻女孩,追求自由,身体神圣不可侵犯。

2月21日

我们和路易在马扎琳娜路的日本小餐馆吃午餐,他到那里来找我,因为我一整天都要在法兰西研究院的图书馆上班。他留了胡子,因为要在雅克·德巴歇尔的电影中扮演角色。

我想,路易沉浸在60年代,而我则沉浸在50年代,我们俩都以自己的方式过着与对方不同的生活。我突然看了路易一眼,意识到由于这个原因,由于我忧伤的爱情,我已经完全忘记、抛弃、驱逐了这个路易。1954年,他是弗朗索瓦丝的心上人。

当时,路易·纽顿是她的男朋友。他们互相写信,因为他在格勒诺布尔上学。他是她哥哥雅克的朋友,比她大11岁。

传记作家让-克洛德·拉米是弗朗索瓦丝的好朋

友,曾来我家跟我讲关于她的故事。他花了很长时间讲述那段爱情。

"她喜欢身材高大的男人,有点笨手笨脚的男人。"

"读了您写的传记,她怎么想?"

"她翻过,像这样(他做了一个动作,漫不经心地翻阅着一本书),然后只说了这么一句:'很滑稽,好像在讲一个我不认识的人。'"

当然,我应该沉浸在这个爱情故事中,找到她在厌倦中写给他的信:"我独自一人,远离了你。"我应该把路易·纽顿纳入我的书中,我相信弗朗索瓦丝是用这段理想的爱情来打发时间的。她喜欢穿着平针睡袍,一边吃从儒弗鲁瓦路买来的羊角面包,一边想她在什么地方有个胆小窘促的情人在给她写情书。1954年的弗朗索瓦丝并不反叛。她梦想有个家庭,有女儿,有儿子,有丈夫。不过,她喜欢调情,喜欢玩,喜欢自由地做爱,然后才做个普通人。总之,她要求得到小伙子的春梦,而这对一个年轻姑娘来说是不合适的,甚至是种丑闻。

今天,弗朗索瓦丝来跟路易约会,路易来巴黎三天。但在见他之前,她必须去布尔丹印刷厂,看她的书的印刷过程。她又激动一番,她知道,看到自己的文字用大印刷机印出来时,她会惊慌——在一个散发着刺鼻油墨味的嘈杂大厅里,几十个妇女在巨大的打字机键盘上打字,就像《痴男怨女》①中的那个场景:夏尔·登内看见一个穿蓝色裙子的女打字员,便问:

"还可以改动吗?"

"可以的。"那个年轻女人说。

"裙子,蓝色的。我希望裙子是蓝色的。"

这些字都是一个一个打出来的。成千上万个字母一一打印出来,让她感到头晕。弗朗索瓦丝心想:如果她再也不能写作了怎么办?假如这是她唯

---

① 《痴男怨女》是弗朗索瓦·特吕弗导演的一部法国剧情片。

一能完成的书,那该怎么办?这是所有作家都会问自己的问题:他们还能写下去吗?如果不能,那就太可怕了。她心里很清楚,因为她此生不会做别的事情,而且,自从她会走、会拿钢笔起,她只愿意做这件事。她从写剧本开始,写的都是一些血淋淋的骑士和被囚禁的王后,把她母亲给烦死了。后来她又写诗,写中篇小说,寄给《法兰西晚报》编辑部,但从来没有被采用、发表过。她还记得,16岁的时候,在卡雅克避暑时,她写了一篇短小说,以一桩严重的车祸开头。她给女主人公取名为吕西尔·圣莱热——这个名字她后来又给了《狂乱》中的女主人公。

小说开头写的是一辆汽车失控。吕西尔·圣莱热在车中,汽车掉了个头,收音机还在响。车停了。[1]

---

[1] 引自《萨冈:全速前进》,玛丽-多米尼克·勒里埃弗尔著,德诺埃尔出版社,2008年。

一本关于青春期的小说。写书的问题是，必须当心自己所写的东西，因为它最后总是会把你抓住。永远不要这么悄悄地梦想，想过一种浪漫的生活，否则，你有可能如愿以偿，然后发现，成为小说中的一个人物是件多么悲催的事。

那天晚上，弗朗索瓦丝约了路易·纽顿。18点30分，那个年轻人根据习俗，按响了她家的门铃。

去开门的是皮埃尔·夸雷兹。

"先生，允许我带您的女儿出去晚餐吗？"

"可以，但有一个条件：您永远不会把她给我送回来了。"①

看到弗朗索瓦丝笑着走出来，戴上灰手套，路易·纽顿便知道这是开玩笑。一到里昂车站附近路易所住的旅馆，她就把手套摘了下来：路易，我的路易，到我的床上来。我们不做爱，甚至不接吻，

---

① 引自《萨冈和儿子》，德尼斯·韦斯特霍夫著，斯多克出版社，2012年。

而是低声说话,互相叫着过去可笑的名字。我的路易温柔得像雨,滑稽得像是从来没有人逗你笑过。在那个充满了青春之爱的久远时期,我们平静地睡着了。

3月1日

在马尔索路的报刊亭,弗朗索瓦丝给母亲买了一份刚出的《新女性》。

前一天晚上,皮埃尔和玛丽与在布洛涅-比扬古的朋友们吃饭。来到他们应邀前往的大楼时,他们弄错了楼层。皮埃尔进了楼下的邻居家,他模仿骑着马的骑士,大声地说:"我骑着马儿快马加鞭,快马加鞭!"走到屋里,看到穿着睡衣的夫妻一脸惊愕的样子,他调转头,喊得更加大声:"我走了,快马加鞭,快马加鞭!"[①]这件逸事让大家都笑坏了,晚宴进行得十分滑稽,喝了不少酒。皮埃尔和玛丽的朋友们当然想知道这个初出茅庐的作家的

---

① 见《萨冈和儿子》,德尼斯·韦斯特霍夫著,斯多克出版社,2012年。

消息:"苏珊的书什么时候出版?""啊,不,是弗朗索瓦丝写了一本书。"

"在她那个年龄,这是不可能的!你读过吗?她写到你了?你觉得她能获得龚古尔奖吗?"

第二天上午,玛丽回想起这些,心里还生气,竟然回答了亲友们那些愚蠢而冒失的问题——但愿他们知道等待着他们的是什么。

眼下,她只派女儿在3月1日的寒冷中去买杂志,然后才向她解释说,也许重新去索邦大学上课对她有好处,总不能像笼中的狮子一样打转吧?

"你知道,如果你的书出版了,你也许会在书店签名几本,但在这之后,你该干什么还得干什么。放假之前你打算怎么办?我可不想整天看见你在我眼前转来转去。"

"我会再写一本书。"

"再写一本书!可是,读书和写作,你可以两件事同时做,就像西蒙娜·德·波伏瓦那样。"她叹了一口气,然后又埋头去读《新女性》上让·科克托写的文章《夏奈尔小姐的回归》了。

这时有人按门铃。可玛丽没有约任何人啊!

弗朗索瓦丝忘了通知父母:出版社的媒体宣传室派了一个摄影师来给她拍照片,用来进行"图书促销"。

门口出现了一个个子很小的女人,梳着孩子般的头发。那些孩子头发太厚了,母亲生气地让它们平贴在脑门上。她穿着华达呢大衣,里面是一件塌肩的黑色衣服,斜挎着一架禄来福相机。

萨比娜·韦丝30岁,但看起来比她实际年龄要小10岁。她貌不惊人,却是她那一代人当中最有天赋的摄影师之一。

弗朗索瓦丝根本没想到等来的竟是一个学生模样的摄影师——她们可能年龄差不多,这姑娘从事男人的职业,让母女俩都感到很震惊。

"您当摄影师很久了吗?"

"我一直在拍,小时候父亲就教我摄影。如果你们不介意,我们是否可以一起看一下不同的地方,看看在哪里拍摄更好?"

"当然不介意,我想我们可以在书房里拍。"

"可以,如果您愿意的话。"

"您一直都想当摄影师吗?"

"12岁的时候,我就用零花钱买了我的第一台相机。"

"我坐在打字机前,这样,好吗?"

"很好,光线很自然。就当我不在。"

"您开玩笑。这不可能。您在呀!"

"等等,这不行。不知道为什么,这样显得很可笑。您是在这里写书的吗?"

"不,这是父亲的书房。"

"那你是在哪里写书的?"

"嗯……到处写……首先是在咖啡馆里,很多时候在床上……有时躺在地上写。"

"那我们这样。来,给我做个示范。躺下来,就像你在写书时一样。"

"好吧,就是这样。"

"你看,只要找到事情的自然状态,相机就会对我说对了,可以拍摄了。"

弗朗索瓦丝·萨冈的这张照片,我看了很久很久。她的手腕很白,很有骨感,双手细腻,就像波提切利油画中的圣女。男孩般的发型有点乱,显出一个年轻女孩的潇洒,她甚至都懒得去"梳一下头",慵懒,厌烦,<u>坐在一个丝绒坐垫上</u>。新生儿才坐在这种坐垫上拍照呢!

这是一张很动人的照片,弗朗索瓦丝显得特别漂亮(我看了很多遍,她并不是"摄影胚子",照片无法反映她脸上散发出来的美丽和优雅)。这张照片拍摄在波涛汹涌之前,那时,疯狂还没到来。看着今日的作家肖像,我老是这样问自己,为什么它们没有老照片那么"厚重"、那么神秘。过去的照片常常给我无数遐想。

在浏览萨比娜·韦丝的网页时,我发现可以给她发邮件。

于是我便写了下面这段话:

您好:

我是个作家,现在正在写一本关于弗朗索瓦丝·萨冈和1954年的书。她的《你好,忧愁》出版时,您给她拍过照片。我想找您谈一谈它。

谢谢。

安娜·贝雷斯特

我希望能得到她的回复。再说,其他两人都已经给我回了信。

弗洛朗丝·马尔罗打电话告诉我,她喜欢我书的前几页,鼓励我继续写下去。

朱利安呢,我给他看了我稿子的开头,他寄来了下列文字:

"很好,继续。除了和勒内·朱利亚尔看手稿的那段:有点一般,好像是滑稽戏里的场景。"

他说得对,这一段应该重写,但不是马上。今晚,我决定去体验一下"男孩儿的生活"。

我打了几个电话,给这里打,给那里打,想知道城市什么地方好玩,什么地方可以去,就像以前我们天天晚上出去玩那样,那时,全城都属于我们。

活动很快就规划好了,到大学城后面的一个画廊去喝一杯,到第8区一个美国演员家里去参加派对,最后可能还要到一个时尚的夜总会去。我很久没有这样了,这时,我又想起了那位开了天眼的女人说的话:"让她通过你醉倒吧……听之任之……让她利用你,享受最后的时光吧!"

在人群中,我首先注意到他头发的颜色,看见他在厨房的角落里。那个美国演员并不在那儿,他也许不知道100来个人挤进了他位于福什大街的私人公寓。

这是一个孩子的颜色,一种几乎变白的金色。

8月,这个金发的孩子在海边度假,阳光加上盐分,使孩子们在青春期的变化中,随着年龄的增长,逐渐失去了金黄色,最后在成年的时候完全褪色。

很长时间,我都很难好好看它。因为他黑色的美人痣突出了他的白皮肤,就像一些亮闪闪的小虫落在他的脸上,让我心里有些不安。

我不知所措。

因为我以前从来没有过这样的感觉,此刻有什么东西正穿过我的身体:一个男人面对一个少女可能就是这种感觉。你强烈地感觉到一张脸吸引住了你,你跪了下来,你输了。你自己也知道。

"去我那里吗?"

好好。我怎么可能说不,我想是弗朗索瓦丝在代我回答,我和那个年轻的男人上了一辆出租车。我估摸着,他应该比我小差不多10岁,当然,要是反过来,他比我大10岁,我也绝不会介意。但那时,我想消失在后排座椅的褶子里,融化在坐垫中,消失在红灯的光晕里。我们到了他的住处,我不是走,而是在他苍白而温柔的颜色后面爬,那种颜色跟他强大的男性身体形成了对比。我已经知道,我绝不会只满足于看着它,我一生中从来没有经历过这种事:一种归属感丧失。就像站在一幅画前,或面对一道风景。

我弯着腰走进一个学生的房间,讲义扔得满地都是,耳塞,墙上是杂乱的贴纸,书东一本西一本,我们都醉了。我告诉他,我马上就去剪头发,让一些不愉快的回忆随着头发一起消失。"说干就干。"他说着就到厨房里拿了一把剪刀,我青春期后就没有剪过的长发,突然就被剪掉了15厘米。这时,太阳升起来了,阳光爬到了化纤地毯上,一直照到印第安人从战败者头上割下来的头发上,头发好像突然燃烧起来了。我走了,那天早晨,我们并没有接吻。我走着寻找地铁站,在里斯本街迷路了。我向南走去,那边是地中海,意大利五针松绿得出奇。我身无分文,口袋里一分钱都没有。我看着大楼的墙面和阳台上绿色的植物,对自己这般轻率感到惊讶。我伸手去摸身边的人,这才意识到我甚至都没有那个男孩的电话号码,也不知道他姓什么。突然,我站在马路边蓝色的路牌前,想起了弗朗索瓦丝,我笑了,因为我来到了马莱伯大道的一角。她看到我这种狼狈的状态一定会很高兴,于是我把她推开了一点。

弗朗索瓦丝,别让我做任何事情。让我们回到1954年!你那时还只是一个乖孩子,还没有成为放荡不羁的典型。我还没有准备好。

我们俩都回到了3月1日,回到了那个可怕的时间,美国的第一颗氢弹在太平洋的比基尼珊瑚礁上爆炸了。

3月5日

等待中如何度日？夜晚知道。填满夜晚总是容易的，但白天就不一样了，人人都忙着自己的事，弗洛朗丝在伽利玛出版社的办公室，韦罗妮克在大学的长凳上，她的哥哥雅克又去伦敦工作了。

于是，弗朗索瓦丝便在巴黎逛街，因为书到书店还要等上漫长的10天，到了那时也许才会发生些什么事。

在卢森堡公园的小道上，椅子在寒冷中显得非常孤独，干瘦得像骨头——椅子的骨架。她重新往高处走，向先贤祠和苏弗洛路走去，在肯塔基俱乐部门口遇到了一个送啤酒的人，"瓦士达啤酒，盖瓶口盖的，灭过菌的"。

弗朗索瓦丝喜欢在巴黎闲逛，看着磨刀人、挑牛头的人走过，看工人在屋顶干活，看从工厂里开出来的黑色雪铁龙。她习惯这样溜达：12岁的时候，她曾被路易丝-德贝蒂尼私校开除，但她从来没有告诉父母，对这种耻辱她永远保密。不过，她好像有点病了，人们让她喝了点蔬菜羹、百里香茶，还用了点樟脑。

在那三个月当中，从4月到学校放假，12岁的小弗朗索瓦丝一早出发，背着书包，但她并没有进校园，而是溜走了。三个月当中，一个小女孩让家长以为她一直在上学，而实际上，她在巴黎的大街上一直逛到晚上。萨冈的一生，不管多怪异，我想最让我感到惊讶的，也是我最欣赏的，是一个12岁的小女孩在巴黎浪荡了整整几个星期而家长一无所知，她自己也一点都不害怕。

这比卖掉几百万册书、挥霍钱财、赌场风波和浪漫爱情更不可思议：这小女孩是我的英雄。我太喜欢小女孩了——她们让我感到开心，令人着迷，我羡慕她们像男孩那样,身体扁平,但有着女人所有的力量。我相信没有什么比一个12岁的小女孩更强大,更厉害了。

6年后,弗朗索瓦丝·夸雷兹还是在流浪,在撒谎,自由自在,正在发育当中,还没有完全成为萨冈,但同样的脚踩在同样的人行道上。她的身材几乎没有改变,乳房几乎看不出来,腰也没有粗多少。

弗朗索瓦丝盘点了一下自己的心愿:将来有一天,她的书赚了很多很多钱,她把钞票放在帽盒里,让朋友们随便取,而不用难为情地问她要。

她希望有一天,共和国总统悄悄地来她家吃饭,逃避一下权力所强加的义务。他们将谈论文学和世俗新闻。

她梦想有一天,有人付钱请她写关于纽约和威尼斯的专栏文章。她将在烟雾弥漫的饭店里度过夜晚,跟像她一样写书的男人聊天。她将遇到她喜欢的作家,让-保尔·萨特、卡森·麦卡勒斯[①],甚至还有田纳西·威廉斯[②],他们将成为她真正的朋友,而不是让她崇拜的长辈。她将住在酒店里,喝鸡尾酒,不用叠被子。

将来有一天,她将挣很多钱,多得不用再想钱。

她梦想过着跟科莱特一样光彩夺目的生活,那位女作家里面不穿衣服,外面套着豹皮跳舞,让男男女女如痴如醉;她与公主们和十分年轻的男人们交往,他们的唇边有着同样的味道,红色的味道,像樱桃那样丰润多汁,疯狂的爱情的味道;她去圣特罗佩,在那个阳光灿烂的小港口,谁都不认识科莱特,她在那里度过了几天愉快的假期。她不装模作样,所以别人也就对她不那么认真。科莱特这个

[①] 卡森·麦卡勒斯(1917—1968),20世纪美国最重要的作家之一,22岁完成《心是孤独的猎手》。
[②] 田纳西·威廉斯(1911—1983),美国剧作家,主要作品有戏剧《欲望号街车》《热铁皮屋顶上的猫》《玻璃动物园》等,与尤金·奥尼尔、阿瑟·米勒并称为美国20世纪三大戏剧家。

女黑人,被她丈夫偷了[1];科莱特就像泽尔达[2],科莱特在照片上露着白色的乳房,漂亮的乳房,温柔得像孩子一样。科莱特名叫"西多妮·加布里埃尔",这里面包含着"萨冈"悦耳的声音,只要你稍微把耳朵伸长一点。

重读《吉吉》,对吉贝尔[3]的这段描写把我惊呆了,我觉得,这完全就是在描写1954年的弗朗索瓦丝啊:

她看起来像个弓箭手,像个线条僵硬的天使,像穿裙子的小伙子,就是不像个年轻女孩。

---

[1] 科莱特刚进入文艺圈时,受到后来成为她第一任丈夫"维利"的虐待,被当作"黑人"一样压榨。
[2] 泽尔达·菲茨杰拉德(1900—1948),美国小说家、诗人和舞蹈家,司各特·菲茨杰拉德的妻子,20世纪20年代的偶像,被她丈夫戏称为"美国第一轻佻女子"。
[3] 吉吉的名字。

3月7日

终于有一天,事情发生了——对弗朗索瓦丝和对我都一样。

她的书到了大学路,到了宣传营销室。

一张明信片神奇地出现在我的门口,上面有年轻男孩写的字。

我看了很久,然后把它放在窗边的长沙发上,心想它来我家做什么。我不能回复,甚至也不想回复。就当它不存在:不眠之夜,明信片。

我将重新开始工作,重新开始写作,重新找回弗朗索瓦丝。我看见她去出版人家里迟到了。朱利亚尔一大早就开始等她了,她没有意识到路上需要多少时间。签名,然后由宣传营销室寄书。

桌子上堆满了一排排的书——太壮观了。书被套上一个红色的腰封,上面写着"魔鬼附身",暗指雷蒙·拉迪盖10年前大获成功的那本书。

关于腰封,谁也没有征求她的意见,她并不肯定自己是不是喜欢,因为弗朗索瓦丝并不太清楚这是什么意思。当然,她明白,通过媒体可以强调她的年轻,但她已经预感到,这种继承会带来什么结果:讽刺、挖苦,错误的比较,如此相似会让读者感到生气。最坏的情况是这种比较不成立,最好的情况是人们以后将把她当作是"穿裙子的拉迪盖"。

但她没有任何办法,也不能说什么:剥夺开始了。这本书不再属于她,她自己也差不多不属于自己了。

她在练习自己的新签名,"弗朗索瓦丝·萨冈"。"弗朗索瓦丝"这几个字写起来很容易,但"萨冈"每次写都不一样——慢慢来。

朱利亚尔详细解释了签名的用途和习俗，因为寄给《快讯》记者的书和寄给《费加罗》报的弗朗索瓦·莫里亚克或法兰西学术院全体院士的书是不一样的。弗朗索瓦丝抬头望着天花板，她就不能给大家写同样的东西？这样要简单得多。朱利亚尔笑了，同意这个小女生给每个人都这样写："致以诚挚的敬意"——到美国巡游之前，她给读者一直这样写。那一天，她在美国，根据法语的语法结构用英文签了一整天"With all my sympathy"，读者都开心或不解地望着她，终于有个人向她解释说，这个句子的英文意思是"向某某表示慰问"。

弗朗索瓦丝签得手腕酸痛，溜到外面去呼吸下冷空气，这时，夜幕已经降临巴黎。不过，她还是签得很用心，比如说给科莱特的题赠，她是这样写的：

致科莱特夫人，希望这本书能给她以她的书给我的百分之一的快乐。弗朗索瓦丝·萨冈，敬上。

突然，想到这些书将涌进大街小巷，来到信箱、门房和全城的门毡上，她激动起来。她再也不能后退了，几个小时后，第一批读者就要翻开一个叫弗朗索瓦丝·萨冈的陌生作者的书，只根据前几行、前几页来决定是否继续读下去。

没有别的办法，除了点燃一支烟（一个人抽烟，现在的习惯），穿过马路，走上几步，去伽利玛出版社办公室找弗洛朗丝——约她去喝杯不加苏打的啤酒。在这个名声显赫的出版社门口，一个女人在车中打盹，弗朗索瓦丝从红色的唇膏和菩萨般的眼皮上认出是谁来了，她太喜欢这位作者最新那本小说中的那种慵懒和《塔吉尼亚的小马》中散发出来的热情了。必须勇敢地告诉她，但玛格丽特女王①就那样睡着了，一张像被淹死的年轻女人那样光亮的脸，让人不敢打搅。

---

① 此处指玛格丽特·杜拉斯，《情人》的作者。

"爱情没有假期,"他说,"这不存在。爱情,必须完整地体验,包括它的烦恼,一切,在这方面没有假期。"①

当弗朗索瓦丝找到弗洛朗丝时,后者知道一定发生了"什么事情",因为她的朋友就像小说中的女主人公:永远需要有什么大事出现在眼前。

当前台的年轻女子去找弗洛朗丝的时候,弗朗索瓦丝坐在伽利玛出版社的门口,面带微笑。几个月前,她们还是两个穿着粗布裙子的中学生,今天,一个在伽利玛出版社工作,另一个在等处女作的出版。就像鼓声越来越强烈,她慢慢地感到自己的心在裙子里面跳动,一些奇怪的思想竟然从头脑中冒出,她突然意识到某种命运在等待着她,残酷而让人激动的命运。她"看见"了自己未来的全部生活,就像过去,某个神奇的日子,她看见了自己将来要写的书。

---

① 引自玛格丽特·杜拉斯的《塔吉尼亚的小马》。

弗朗索瓦丝又想起了几个月前，弗洛朗丝18岁生日的时候。那天，她父亲安德烈·马尔罗把女儿叫去，跟她说了下面这这段话：

"记住，小伙子们在你身边转，其实是想接近我。"

但那个长相温柔、脸色明亮的女孩只回答了他这么一句：

"说不定也因为我有魅力？"

天然的魅力，她身上太多了，以至于男男女女都为她激动，被她吸引，却说不出究竟为什么。

"我觉得，我喜欢听别人说话，"弗洛朗丝对我说，"哪怕他们不说。米歇尔·莱里斯[①]经常来我在伽利玛出版社的没有窗户的小办公室，坐在我面

---

① 米歇尔·莱里斯（1901—1990），20世纪法国最重要的作家之一，人类学先驱，重新定义了现代文学中的自传写作，代表作有《成人时代》和4卷本的《游戏规则》。

前,什么都不说,他可以这样待上一个小时,两个小时。我想他只是想得到一点儿平静。他对我的印象很好。我喜欢《成人时代》。我跟让·热内①尤其投缘。有时,我中午休息回来,会看到他留在我桌上的小纸条:'你什么时候来瞎扯?'那个时期,我们会遇到一些十分有趣的人和意想不到的事。而且,弗朗索瓦丝喜欢到我办公室来找我。当她出书出名后,加斯东·伽利玛②总是这样对我说:'喂,你想办法把她给我弄过来……'但他们已经丧失良机。"

是的,弗朗索瓦丝喜欢在伽利玛出版社里耐心等待,因为她一生都喜欢出版社特殊的气氛。弗洛朗丝出现了,冲乖乖地等着她的朋友笑着;弗朗索瓦丝微微歪着脑袋,像往常一样。

---

① 让·热内(1910—1986),法国作家,幼时被父母遗弃,后沦落为小偷,青少年时期几乎全是在流浪、行窃、监狱中度过的,在监狱中创作了小说《鲜花圣母》《玫瑰奇迹》,代表作为《小偷日记》。

② 加斯东·伽利玛(1881—1975),伽利玛出版社创建者、社长。

"怎么样了,给媒体的书?"

"我的手腕都酸了,我想我签了200吨书,但我不会抱怨。"

弗洛朗丝笑眯眯地把她两只可爱的小手凑到弗朗索瓦丝耳边,悄悄地对她耳语道:

"狄奥尼斯和玛格丽特邀请我们去他们家晚餐,我说我要带个朋友。"

这种幼稚而快乐的情感让她们的脸兴奋得通红,这标志着她们进入了黄金时期,介于童年与成年人之间的这个时期:在后台等了很久之后,她们终于登上了生命的舞台。

晚上8时许,两个女孩到了圣伯努瓦路5号。1943年,玛格丽特·杜拉斯搬到这条小街上来的时候,花神咖啡馆那里还只是路上的一个可供车辆进出的大门。她曾和她的第一个丈夫罗贝尔·昂泰尔姆住在这里,后来是跟孩子的父亲狄奥尼斯·马斯科罗,但大部分时间他们还是过着三人生活,一起到小圣伯努瓦饭店的露台午餐。那家乡村风格的饭店现在还在,红白方砖,不知道这是它永久的风格还是想装饰得有诗意一些。弗朗索瓦丝和弗洛朗丝在那里买了一瓶红酒,想到要和伽利玛出版社的作家们一起晚餐,她们非常激动。弗洛朗丝知道,在那里会遇到埃德加·莫兰,她在战争中的伙伴;晚餐中还将遇到作家雷蒙·格诺[1]、乔治·巴塔耶、伊塔洛·卡尔维诺[2]、弗朗西斯·蓬热[3]和莫里斯·布朗肖,因为玛格丽特和狄奥尼斯的家是根据弗里德里希·荷尔德林[4]的名言设计的:"朋友间的精神生活,在文字与声音的语言交流中形成的思想,正是探索者所需。"

---

[1] 雷蒙·格诺(1903—1976),法国小说家、诗人、剧作家、数学家,著有《麻烦事》《风格练习》《地铁姑娘扎姬》等。
[2] 伊塔洛·卡尔维诺(1923—1985),意大利作家,主要作品有《分成两半的子爵》《树上的男爵》《不存在的骑士》等。
[3] 弗朗西斯·蓬热(1899—1988),法国诗人、评论家。
[4] 弗里德里希·荷尔德林(1770—1843),德国著名诗人,古典浪漫派诗歌的先驱。

这就是"圣伯努瓦帮",如同以后人们所说的"萨冈帮"。但"萨冈帮"没有引用名人的名言作为象征,也没有任何文学目的,更没有政治目的。但我觉得,一个帮派就是一个帮派,它总是以同样的理由聚集起来的:与共同的敌人搏斗,不管这个敌人是资本主义还是烦恼。

玛格丽特·杜拉斯的寓所和弗朗索瓦丝去过的成年公寓完全不一样,它可以说是作家思想的一种物质组织形式:进入她家,就像进入了她的回忆,一把大张着口的剪刀,用钉子挂在墙上,因为张开的剪刀可以让人找到失去的东西。家里有报纸,许多报纸、书籍和各处收集来的东西,悉心保存,因为每件东西都是一个世界——至于它们是否"协调",这不重要。壁炉的镜子上贴着一些照片,没有相框;口红、香水瓶、威严的打字机、一些奇怪的画、彩色的织物、被太阳晒旧的坐垫、白藤台灯、乌塔①的木玩具,还有红色的菜谱,即所谓的"卡车笔记本",刚磨过咖啡豆的味道让所有这些东西都具有一种热情的气息。

"啊,女孩们来了!"玛格丽特穿着围裙,从厨房里走出来,手腕上戴着一个象牙手镯。

"真香呀!"弗洛朗丝礼貌地说,然后才介绍同伴:"我的朋友弗朗索瓦丝……萨冈。"她犹豫了一下,还不太习惯说"萨冈"这个名字。

玛格丽特要两个女孩别拘束,她发现她们不是很自在,或者是因为别人放不开,让她们也感到不自在。为了打破僵局,她开始介绍起越南炒鸡蛋的做法来,今晚就有这道菜,当然,市场上有很好的牛排,但她不知道晚宴有多少人。

"而且,每次做牛排都是一场悲剧,不过,程度不一样。"她笑着说。

弗朗索瓦丝和弗洛朗丝是最先到的女宾,不

---

① 杜拉斯的儿子。

过男宾们已经在那儿了。弗朗索瓦丝知道玛格丽特·杜拉斯喜欢男人——不过她不知道自己是怎么知道的。她知道，就这么回事。

一个女作家的生活中有各种各样的男人——有高大强壮的，有喜欢艰难地活着的，有影子般的浪漫男人，有的男人自己有汽车（玛格丽特也喜欢汽车），她想起来就开心。假如像科莱特和玛格丽特·杜拉斯那样被人喜欢，就是一个女作家的生活，人们愿为之付出一切，她想，值得为之而努力，尽管后来她说的完全相反。

弗朗索瓦丝对餐桌上的政治讨论不感兴趣，大家围绕着印度支那战争吵了起来——报纸上把奠边府①集中营的设立当作是一种胜利，而玛格丽特却知道，法国伞兵部队每天都有新的损失。弗朗索瓦丝像大多数法国人一样，觉得河内在地图上太远了。眼下，她被这些人给迷住了，开心地看着他们正

---

① 奠边府战役是法越战争的最后一场战役，发生于1954年，一方为武元甲手下的越南军队，另一方为法国空降兵及法国外籍兵团。战役以法军失败告终。

在创造一种不同的生活。莫尼克·雷尼埃刚刚到，《塔吉尼亚的小马》四人组现在到齐了：罗贝尔·昂泰尔姆、他的新太太莫尼克，甚至包括乌塔，也就是书中的"孩子"，他正在客厅的地毯上玩。

那天晚上，玛格丽特、莫尼克、狄奥尼斯和罗贝尔身上的某些东西以后将被弗朗索瓦丝写入书中。如果当时还没有这种说法，我们可以用他们的方式，把他们说成是"萨冈书中的人物"。

显然，玛格丽特很好奇，问了来她家做客的这个女孩一些问题。

"弗朗索瓦丝出了一本书！下星期。"弗洛朗丝抢先说。

餐桌上的谈话停了下来。这个初出茅庐的小说家太让人意外了，大家都盯着她——她忍受着大家的嘲笑、假惺惺的尊重或者是惊讶？也许更糟：冷漠？

"在哪家出版社出？"无情的问题，巴黎式的问题，就像一个陷阱，言外之意是：

"你？你算老几？"

"朱利亚尔出版社。"

对于"圣伯努瓦帮"来说,这显然不是个好答案。太"新贵"了。大家的好奇心熄灭了,弗洛朗丝徒劳地补充了一句:"普隆出版社也想要,但她已经签约了……"太迟了,大家用讽刺的神情祝贺了一下这个女孩,然后谈其他问题去了。

但今晚坐在桌角、害羞地缩在椅子里的女孩,虽然没有"成为他们中的一员",却因身在其中而感到幸运,也许她明天就会在全世界出名了。谁知道呢?没有人知道。总之,当晚的客人们不管多么出色,谁都没有想到。

离《你好,忧愁》出版还有几天,弗朗索瓦丝·萨冈不过是一个初出茅庐的作家,有点被一面之交的同行们看不起,但她很快就将比围坐在那张桌前吃饭的所有人都出名。

当玛格丽特在报纸上认出那个年轻女孩的面孔时,心想:就是她,那天来做客的女孩。她感到有些惊讶,唉,她忘了生活绝不会在那里等她,生活比小说更让人不可思议。玛格丽特后来也有一本书

萨冈的1954

卖了几百万册,准确地说是在整整30年后。①在经历那种疯狂之前她还得再生活30年。而对弗朗索瓦丝来说,是此时此刻。一切都颠覆了。永远如此。我忧伤的理由也是我希望的理由:一切都颠覆了。永远如此。

情况变了。我永远不该忘记。

和弗洛朗丝见过面之后,我买了米歇尔·莱里斯的《成人时代》,我以前从来没有读过。我感到很惊讶。我研究了那么多年的文学,花了那么多年来谈论书籍,并决定成为一个作家,却从来没有一个人要求我读这本书,这怎么可能?理由如下,因为有的假问题会有真答案——我得等待34年,直至我到了生命中这一确切的时刻,我才会发现这本如此开头的书:

"终于,我突然34岁了,我中等身材,担心掉发。"

---

① 指杜拉斯1984年出版的《情人》。

一个想成为作家的"中年"男人感情强烈的自画像。我合上书,匆匆抓起大衣,我跟母亲约好在托儿所门口见面的。

在那儿,我想起了什么事情。

在前往托儿所的路上。

"妈妈,我刚刚读了米歇尔·莱里斯的《成人时代》。"

"啊,是吗?"

"你读过吗?"

"没有。"

"超好!"

"是吗?"

"真的,确实……超好。"

"可能。"

"如果你想看,我借给你。"

"好啊。"

"妈妈……我小时候,你有一天告诉我说,战后,外婆给你组织了一场天主教洗礼仪式,因为她为你担心,因为你是犹太人。"

"我对你说过吗?"

"是的,我记得非常清楚。"

"好吧!"

"你甚至告诉我,你的假教父是米歇尔·莱里斯。你还记得吗?"

"不是米歇尔·莱里斯,而是皮埃尔·莱里斯,是个翻译家。好了,走吗?"

"好吧,走吧。"

我们进了托儿所。

3月15日

1954年3月15日是弗朗索瓦丝·萨冈的《你好，忧愁》出版的日子。在法国出版史和文学史上，这一天都将载入史册。

可那天，在弗朗索瓦丝·萨冈的生活中发生了什么事呢？也许并没有什么特别的事情。

她可能去了朱利亚尔家里，去感受让人簇拥的味道。与出书有关的人都来了。在这个如此普通又如此特殊的日子里，她发现了一个作家巨大的孤独。

出版社的职员们对这些事情烂熟于心，懂得如何热情关心因反应平淡而心中慌乱的作者。弗朗索瓦丝躲在发行部主任罗朗德·普雷塔的办公室里，两人抽着烟，有点激动。罗朗德非常温柔，她的衣服领口敞得大大的，乳房沉重，身上散发出让·巴杜香水的味道……

"……它叫'永别智慧'。现在，我每天早上喷香水时都会想起你。"她笑着对弗朗索瓦丝说。

"希望这能给我带来幸运。"弗朗索瓦丝答道。

"当然，会很畅销的，业务员的反映很好。"

"真的？"

"真的，当然是真的。我们打赌？我的预测从来就没有不准过。"罗朗德说。

"那就额外……这么办吧，超过1万册，每卖掉一本我给你一法郎。"

"同意。成交。"发行部主任大笑着说。

这是不可能做到的，因为，假如罗朗德对这本书有信心，对她来说，成功意味着卖掉1.5万册、2万册。不过，她没有纠正对方——作者们，不管是年轻还是年老，在这个时刻都没有区别，他们都意识不到真正的销售数……那就不如让他们去梦想吧!

但一切都颠覆了。永远如此。1955年12月,罗朗德·普雷塔收到了弗朗索瓦丝·萨冈的圣诞大礼:一张10万法郎的支票。

弗朗索瓦丝并不总是管理自己的钱财,但诺言她是一定要信守的,宁愿穷死,也不能丢脸。

3月24日

在英国《图画邮报》的封面上,碧姬·芭铎搔首弄姿,穿着红色的缎纹裙子,裙子太大了,像是从她大婶的衣橱里偷的。她自豪地挺着硕大的乳房,扬着眉毛,蔑视着我们。杂志上的大标题是这样的:"碧姬·芭铎,两页彩照"。

那天,在刚刚出版的《巴黎竞赛画报》上没有关于弗朗索瓦丝·萨冈的任何报道。不过,给普隆出版社读过书稿的米歇尔·德翁向该杂志推荐了她。

"不不,她不够出名。"对方一口回绝。

此时,罗朗德·普雷塔刚刚放下电话,她跟哥哥让谈了很长时间。让本人也是推销图书的,负责很多书店的进货。

"那本书起步很好。"他通知她说,"一个星期内书店可能要断货。"

"你要知道,都没有做广告!"

"必须马上重印。"

"不可能,这星期就我一个人在。"

确实,罗朗德的两个老板,勒内·朱利亚尔和皮埃尔·雅韦两人都在度假,享受春季运动的快乐去了。显然找不到他们。而像第二次印刷这样重要的大事,罗朗德一个人是无法决定的。不单是她的位置不允许……而且,作为一个女人,在出版社的男人不在的情况下,如果下达疯狂的命令,很有可能被认为是没有本领的表现。

怎么办?勒内·朱利亚尔决定初印4500册,对一部处女作来说,这已经很多了,因为处女作的平均印数才1500册。应该说,出版社的所有人都被小弗朗索瓦丝的书征服了,觉得这本书会成功。

罗朗德不知道该怎么办。不重印将是一个错误：如果书店断货，肯定会损失四分之一的销量（读者会向周围的人借书，或在这期间购买侦探小说……）。然而，在上司不在的情况下，下达这样的命令是不理智的。为什么没有人预测到这种情况呢？

当罗朗德·普雷塔双手颤抖，决定加印3000册时，对书背后的运作毫不知情的弗朗索瓦丝，正在一家书店的书架之间溜达。

对所有的年轻作家来说，作品出版后的前几天，直接与书店接触是一个非常棘手的问题。对我来说，我会担心一段时间，甚至可以说恐惧，甚至看见书店就会改道绕着走。

而弗朗索瓦丝受强烈的好奇心驱使，决定走进一家书店，装作一个匿名的客人。推开书店的门时，她听到了铃声，但在叮当声之后，没有通常随之而来的问好……坐在收银台后面的那个男人，正在津津有味地看一本书，忘了自己是干什么的：此刻，他全身心都在小说的女主人公塞西尔身上，享受着愉快的时光，这个全无道德感情的年轻姑娘所描述的身体之爱，在他的长裤里面引起了生理反应，强烈得他怎么也不能站起来招呼刚进来的顾客。

"我发现了吻的快乐。关于那段往事，我已经想不起来了：让、于贝尔、雅克……对所有的年轻女孩来说，都是很普通的名字。"①

这时，他觉得眼前出现了一团东西，在轻轻地移动，扰乱了他的阅读。书店老板把书合上，藏在收银台下面的抽屉里。

"想找什么书吗，小姐？"他问那个女孩，激动得像个不知不觉上了父母的当的孩子。

---

① 引自《你好，忧愁》。

"我找一本书……一本刚刚出版的书……《你好,忧愁》。"

"很抱歉,我们一本都没有了。"

"啊?没有新进一些?"

"我建议您去其他书店,因为,考虑到本店的道德要求,我们不再卖这本书了。"

但弗朗索瓦丝在众多的书中认出了自己的书(通过书的厚度、纸张的颜色、封面的字体),清楚地知道,这个不卖书给她的人还有最后一本。她礼貌地谢了谢他,走出了书店。

我回想起来,我读了这本小说之后,首先震惊的是它在情欲方面的描述。

一本能让我"勃起"的书。我读玛格丽特·杜拉斯的《情人》时才12岁,不被允许到电影院去看这部电影,但我完全可以在父母的书架上找到这本书。文学就是这样,可以发现一些不同凡响的东西，其中有一些不能大声说出来，但要承认它们在我们头脑中悄悄地回响，正如这些我读了又读，突然希望能理解其意义的文字：

"我要他一做再做，为我而做，他做了，做的时候血脉贲张，让人欲生欲死。"

我那时12岁。文学，就是性。就是这样。没有比这样说更简单的了。我属于那些人，体验情色冲动，最早是通过文字。现在想想，我还是跟1954年的那个年轻姑娘更接近，在床单下面看弗朗索瓦丝·萨冈的书，获得了一种秘密的快乐。我体验到了比我早出生40年的年轻姑娘的冲动。对未来的孩子们来说，文学不会再意味着进入情色这个奇幻世界的大门。我不会为孩子们伤心，因为说到底，对每个人来说，重要的是找到快乐的道路。

但我有点为文学伤心，真的。因为人们剥夺了它的一个美好作用——正如那些老去的女演员，她们知道自己再也不能在舞台上说："小猫死了。"

4月1日

我最后还是约了那个大学生,他的青春给了我活力,他在我身上显示出一种敢作敢为的性格——同样,我们在一种新的关系中,互换了以前的角色,让对方经受我们以前曾忍受过的考验。

我邀请他去多维尔住一天,因为我觉得不去赌场体验,就无法写完这本书,一生中至少要去一次。弗朗索瓦丝试图在我手指上感受筹码的光滑与温暖。我感谢她给了我一个奇特的借口,让我进行一次旅行,它真正的目的其实只有一个,那就是在酒店的一个房间里和一个年轻男人在一起。

我们相约开车前10分钟在圣拉扎尔车站见面。我应该想到,他不会提前到的,与我相反。火车要开了。想到我将一个人呆呆地站在那里,我心里一阵痛苦。突然,金发面孔出现在人群中,不慌不忙地走着,肩上背着一个滑稽的小包:"我把东西放在枕套里了,因为行李箱在我父母家里。"

我们在火车上坐下,谈起了他头发的颜色。他告诉我,在日本的饭店里,有几个男人过来碰他的头发,因为他们从来没有见过这样的头发。确实,他头发的颜色很漂亮,我对他说。然后,他翻开《被拴的鸭子》①,靠在车窗上,闭上了眼睛,好像我不存在似的。他睡着了,这让我放下心来,因为我不用再想话题了,我可以利用这段休息时间,看完我正在看的书:让·艾什诺兹②写的一本关于莫里斯·拉威尔③的传记。读了关于弗朗索瓦丝·萨冈的所有传记,以及与她同时代人的传记和与她的

---

① 法国的一份通俗报纸。
② 让·艾什诺兹(1947—),法国当代最重要的作家之一,其作品《切罗基》1983年获梅迪西斯奖,《我走了》1999年获龚古尔奖。
③ 莫里斯·拉威尔(1875—1937),法国作曲家。

书同时出版的一些小说,加上一些关于20世纪50年代的巴黎的书,我现在得读读作家们写的其他传记了。由于同样的原因,这些书教会了我如何生活,作者们教会了我如何写作,我在艾什诺兹的书中找到了答案、道路和解决现在摆在我面前的问题的办法。我敢肯定,弗朗索瓦丝·萨冈会喜欢这本讲述一位音乐家最后10年的书,因为艾什诺兹是个画家("大海有一种几乎是黑色的蓝"),尤其会喜欢他描述机器的技巧,特别是汽车。

到了多维尔,金发青年睁开了眼睛,我则合上了书,对自己刚才的阅读感到生气。因为,伟大的著作能给你勇气,告诉你只要自由与真诚,一切皆有可能,但它们也会猛烈地把你压扁在你自己的板壁上。你会想,你永远也写不了自己的书。

我们的酒店房间里全都是如意棉布产品:彩色墙纸搭配着窗帘,窗帘搭配着床罩与坐垫,好像有什么东西在对我们大喊:"享乐!享乐!享乐!"①如果你长时间看着墙壁,你的眼睛都会生疼。

我们很尴尬,就像新婚之夜的年轻夫妇。床差不多占了整个房间,那是少不了的。但我们成功地装作一切都完全正常的样子,检查了一下进赌场所需的身份证件。淋浴后我换了一条裙子,我们的东西在床上混在一起,动作慢慢地变得灵活了,流畅了。我重新感到了那种激动,夹杂着童年的快乐,已经有好几个月没有过了。

到了游戏大厅——不是老虎机,而是赌桌,我必须用钱去换筹码。我坐下来玩21点,因为转盘吓得我要死,我不敢坐在那里。这地方最刺激的,是仪式,是规则。人人各就各位,行使自己的权利。我听到数百个筹码哗啦啦地掉进转盘的缝隙,好像每次都有东西打烂似的。那个年轻人告诉我怎么玩,我们马上就赢了。我们陶醉在香槟与成功当

---

① 如意棉布(toile de Jouy)是一种印花棉布,"如意"(Jouy)在法语中与"享乐"(Jouis)发音相同,拼写相近。

中,走回布满印花棉布的漂亮房间。据说,初学者总是运气很好。在多维尔的夜晚,穿过空空如也的街道,在这小伙子的陪伴下过了一天之后,我在想,他怎么可能对自己的美无动于衷呢?他好像不知道自己很英俊似的。他怎么能对自己明显的几乎是杰出的优点毫不在意呢?

早上7时许,我悄悄地下了床,那已经成了我们的床。我睡不着,因为他的皮肤,那种皮肤是用另一种物质制造的,与我挨着睡了那么多年的皮肤不一样。

我想在酒店里走走,寻找弗朗索瓦丝在这个迷宫里、在同样的状态下发出的轻轻的脚步声:在激动人心的赌博中赢了之后温柔的吻。

星期天的上午,酒店里的大多数人都没有醒来,我只看见凉廊旁边一个男人的后背,他正在喝咖啡,看着花园。他穿着一件灰色的羊毛外套,竖着衬衣的领子——只竖了一边。他一动不动,似乎被眼前的景象吸引住了。我弯下腰,想看清外面究竟发生了什么，但什么事情都没有。什么都没有。我在早餐的自助餐台绕了一圈，想把他的脸看得清楚一些，至少是他的脸部轮廓。我对独自在酒店午餐或晚餐的人会感到好奇，因为我最大的享受，就是独自听旁边的人聊天。

我马上就认出他来了，冒失地过去跟他说话——尽管他在此处独自坐着，而我却站着，也是一个人。这一切都是那么奇特。

"我能和您一起喝咖啡吗？我知道，时间很早，但不一定要说话……"

"请吧。"

"谢谢。这样，回巴黎后我就可以说，我在多维尔跟您一起吃过早餐了。"

"您一大早到这里来做什么？"

"我来疗伤，抑郁。"我笑着说。

"您看起来一点都不像抑郁的样子。"

"有的有的，我向您保证。抑郁得厉害。我正要离婚,但遇到您我很开心,这让我太高兴了。"

"谢谢。"

"您呢,您在这里做什么?一大早?"

"我是电影节的评委。"

"啊!您喜欢吗?"

"喜欢,这可以改变我的习惯。"

"现在您还写作吗?"

"写。"

"新的传记?"

"嗯,不,不完全是。"

"小时候,我父母家里的书架上有本《切罗基》。不知道为什么,封面很吸引我,还有署名,您的名字,罕见的辅音周围的所有元音。对不起,我说过不跟您说话的,但我停不下来——而且,我要回去睡觉了,原谅我打搅了您,但我没法向您解释,说来话长。对我来说,今天早上遇到您真是太特别了,这似乎是一个迹象,您知道,一种鼓励,给了我力量,让我去完成等着我去做的一切。"

让·艾什诺兹对我说了声再见,宽阔的脑门上垂着一绺头发,蓝色的眼睛像是被水洗过一样,阅尽世纪风云。人生第一次在赌场赌博,又第一次和除了我女儿的父亲以外的一个男人过夜,还遇到了让·艾什诺兹。我要回巴黎了。

一切都多亏了弗朗索瓦丝,我不会忘记她,1954年的那个年轻姑娘。我继续过我的日子写我的书,而她的书天天都在卖。

"轻骑兵"作家雅克·夏多内[①]对年轻女性并不客气,对全人类都如此。他给罗歇·尼米埃[②]写了以下这封信:

本周我读了弗朗索瓦丝·萨冈的小说。这个年轻女子出身良好,大作家的家庭。这不会弄错,看

---

① 雅克·夏多内(1884—1968),法国作家,曾获法兰西学院小说大奖。
② 罗歇·尼米埃(1925—1962),法国记者、作家,轻骑兵文学运动的创始人之一。

得出来,就像眼睛的颜色和皮肤的颗粒。这让人心跳加快。才华是件独一无二的东西,各方面都无可挑剔,光彩夺目、活泼、圣洁。人们喜欢才华,或者无动于衷。如果说我喜欢上什么东西,那是毫无保留的。那种爱,是一种严肃的判断。[1]

---

[1] 引自《萨冈传奇》,蒂埃里·塞尚著,罗马尔出版社,2013年。

5月24日

至今为止,《你好,忧愁》卖掉了8000多本。

奠边府"沦陷"了。

带有黄色星星的红旗已经插到法国军营——殖民帝国开始终结。

对弗朗索瓦丝来说也是如此,这是终结的开始,如果我们引用斯达尔夫人①的这句话:"荣耀是对幸福的灿烂哀悼。"

弗朗索瓦丝感到很为难:一个美国人,她并不是很喜欢,但也不是完全没有心动,建议带她去瓦兹省的桑利斯镇,就在尚蒂伊森林旁边。那是一个诗人,他的朋友们组织了一场"黑人晚会",战

---

① 斯达尔夫人(1766—1817),法国作家,与斯丹达尔和雨果同为浪漫主义代表人物。

前，巴黎15区布洛梅路33号的舞会就叫这个名字。一切都将像他们狂放的祖先那样组织和安排，小潘趣酒、狂欢舞和比吉内舞①的几个音符让人想起了安的列斯群岛。跳舞、欢笑和喝酒，这已经让弗朗索瓦丝开心了，但那个美国人首先要用一辆本田踏板摩托车把她一直送到桑利斯镇。那种四冲程、125匹马力的马达，衍生自法国很少见的梦幻牌马达。他穿得像马龙·白兰度——当时那部电影刚刚上映，大家都在谈论；一件白色T恤和一件佩费多机车夹克。她觉得这身打扮既可笑又激动人心。

弗朗索瓦丝差点就要像《飞车党》②里那样坐日本摩托车了，可惜她分身乏术，就在下午6点，她接到出版人的一个电话：她必须穿着节日的裙子，戴珍珠项链和母亲的手套，准备参加今晚为她而举办的派对。她幸运地获得了"评论家奖"。弗朗索瓦丝当然为她的出版人高兴，朱利亚尔太渴望获奖

---

① 起源于安的列斯群岛的一种舞蹈。
② 1953年上映的一部反映美国非法摩托车团伙的电影，马龙·白兰度主演。

了,她也很高兴被这个如此显赫的奖选中,但心中又不由发出一声悲叹:唉,成功原来如此,意味着一连串义务。

"评论家奖"的评委会由16个成员组成,其中只有一个女人,她还取了一个男人的名字。男人们手拉手,围住那个女人,一个劲儿跳圆舞,谁也无法让他们停下来。那就让我们去看看那个圆舞吧,也抓住他们的手,看看这些如此不严肃的先生们究竟是什么人,他们竟然把奖颁给了一个小姑娘,也许是为了挑战,也许是为了搞事。可无论如何,那不是一些初出茅庐的人,而是生于第一次世界大战、经历过死亡、在战场上战斗过的人,有的还是抵抗运动成员,怀抱里曾躺着死去的战友。埃米尔·亨利奥在二战中当过龙骑兵,是个文学记者、作家,是他发明了"新小说"这种说法,他当时已经65岁;加布里埃尔·马塞尔跟他同龄,也留着胡子,但他的胡子很密,而且是白色的,很像是一条大蚕;亨利·克鲁阿尔跟他们同一年出生,是研究莫拉和巴尔扎克的专家；马塞尔·阿尔朗，龚古尔奖获得者，只有45岁，反对超现实主义，和让·保朗都是《新法兰西》杂志的领导；保朗刚好60岁，是著名的抵抗运动成员、萨特的朋友，他关于文学的论述是现代文学专业的学生们研究文学批评的参考资料和工具；让·布拉扎还不到50岁，是抵抗运动成员，获得过费米娜奖和法兰西学院大奖；让·格尼埃是阿贝尔·加缪的哲学老师，加缪的第一本书就是题赠给他的；罗贝尔·康泰尔，德诺埃尔出版社科幻小说部主任，就是他把菲利普·K.迪克[①]的著作引进了法国；罗贝尔·康普，75岁，文学评论家，法兰西学术院未来的院士；蒂埃里·莫尔尼埃，《战斗报》和《巴黎杂志》戏剧评论家，参加过《圆桌》杂志的创办，也是法兰西学术院未来的院士；阿尔芒·洪格，文学评论家，其处女小说获得了圣伯夫奖；莫里斯·纳多，战争孤儿，著名的抵抗运动成员，出版人，其才能众所周知；罗

---

① 菲利普·K.迪克(1928—1982)，美国科幻小说作家。

歇·卡卢瓦，法兰西学术院未来的院士，社会学家、文学评论家，曾是保尔·艾吕雅的朋友；多米尼克·奥利，女性，她准备在6月份出版写给她的情人让·保朗的情书——也许是最伟大的情色图书之一《O的故事》；最后，还有乔治·巴塔耶和莫里斯·布朗肖，这是评委会里的两位大作家。

我之所以详细列出这份有点长也许还有点自负的名单，是因为必须懂得，这个奖在1954年的法国意味着什么。这个权威的评委会做出的选择让人不得不尊敬，迫使读者敬仰，而且也会给行业里的人留下深刻的印象。这是一个著名的奖，战后颁给过阿贝尔·加缪的《鼠疫》，这个奖引人瞩目，让人重视，引起讨论，这是一个文学"专家"颁发的奖，因为人们认为这个评委会中的评论家们有能力"客观地"鉴别一个文学天才的质量。

这个女孩的作品中的什么东西让他们觉得它应该获奖呢？古典因素，它融入了现代思想当中；清新的文字、精心选择的背景、潇洒而简洁的风格、流畅的对话……但这些统统加起来也还不够。这应该是一本谈论他们的书,谈论他们的那一代,一个女孩在看着他们生活,觉得这些老先生很可爱:"我更喜欢我父亲的朋友们,那些40来岁的男人们,他们跟我说话时风度翩翩,温柔亲切,让我觉得他们既像父亲又像情人。"啊,是的,青春是美丽的,因为不同于童年,她有权跟别人睡觉了。

在萨冈以后的小说中,代沟消失了,不同年代的人喜欢混在一起生活,一起做爱。在这一点上,她与1968年[①]的年轻人很不一样:她想跟父亲一同生活,而未来的孩子们却想彻底推翻那些可敬的老人。不过,不过,她参加这场即将来临的革命的程度要比人们以为的深入得多。

身高1.62米、体重45公斤的弗朗索瓦丝·萨

---

① 1968年5月至6月,法国爆发了一场大规模的学生罢课、工人罢工的群众运动,史称"五月风暴"。其爆发的主要原因有多个,其中包括二战后出生率激增,大学生人数骤长,不满旧的教学法,与老一辈之间的鸿沟加深。

冈,没有及时赶到为她组织的派对,因为她要跟勒内·朱利亚尔认真地谈谈,看看是否有可能调整她应尽的义务与桑利斯舞会之间的安排。

摄影师、记者、奶油小点心:一切都在那里,包括10万法郎的现金。资助者弗洛朗丝·J.古尔德亲手把现金交给了她。在她之前,获奖者拿到的都是支票,但那些都是成年人,在银行里都有户头。

玛丽·夸雷兹后来在放抹布的抽屉里发现一沓沓钞票时,一时间还以为自己看花了眼。至于皮埃尔,他给了女儿这样的建议:"在你这个年龄,钱,应该努力把它花掉。"

如何平息成功引起的恐慌?用酒精。弗朗索瓦丝喝着威士忌,话不多,幸亏桌边的客人们有讲不完的话。都是些成年人。因为他们是成年人!他们玩弄别人,给人颁奖。打分,高分或低分。可他们怎么能渴望或仇恨到如此地步?

"你为什么写作?"写作,是为了赚钱和出名,但她避开了话题。因为,说实话不显得可笑吗？写作是为了找到诗歌的声音，写作是为了打动别人，也许是用文字改变别人、改造别人，写作是为了触动灵魂……这样说话不会让人烦死吗？不要太认真，这会有趣得多，对文学也更加敬重。于是，大家一下子就传开了，说她潇洒自如。其实，这也许是她会认真对待的唯一的事情。她会像星辰一样不懈地工作，通过工作，在舞蹈中消除努力的所有痕迹。努力让自己假装不努力，这就像在白纸上画白色的东西一样：颜色不太容易看出来。

为了忘掉刚刚流产的摩托车旅行，弗朗索瓦丝便去想她下周要去车行取的二手捷豹XK120。一拿到车，她就想直奔南方。她将和哥哥雅克一起开。去戛纳，或尼斯，甚至可能去她还不认识的圣特罗佩，她要把钱都花光。因为说到底，这场金钱雨总会停止，当她最终变回父母的小女儿时，她又将不得不干活。写一本书，她心想，那将是一本伟大的好书。一本她将为之自豪的书，厚厚的，像词典一样。当弗朗索瓦丝看见，由于记者们的闪光灯，自己的眼前闪现红色和蓝色的斑点时，她想，情况紧急,要开始写她的下一本小说了。

但问题是,与他们想的恰恰相反,钱不断地来。到目前为止,她的书已经卖掉了8500本。一年以后,由于颁奖将引发的媒体风潮,销售量将达到85万册,然后是100万册。

第二天,弗朗索瓦·莫里亚克在《费加罗》报头版发表了那篇著名文章,引起了无数论争,以至于《你好,忧愁》的资料将在天平上重达12公斤。[①]

弗朗索瓦·莫里亚克是基督教徒,最近刚被推选为诺贝尔文学奖候选人,他用后来流传甚广的说法来形容萨冈:"可爱的小精灵"。她则回答说,她既不小,也不可爱,更不是精灵。

就这样,奖颁发了,书被祝贺、被喝倒彩、被仇恨、被喜欢、被悄悄地阅读,必须签订新合同,为女性杂志写文章,前往威尼斯旅行,到美国进行

---

① 引自蒂埃里·塞尚的《萨冈的小说》。

萨冈的1954

可怕的巡游,在几十年当中,把一本在6个星期里写成的书一连说上几个月、几年;把它改编成电影,庆典一个接着一个,从爵士乐俱乐部到夜总会,喝了好几升酒精,假装醉了,逃避众人,也逃避死亡。好险!差点送命,脑颅锯开,骨盆粉碎,遇到贝纳尔·弗兰克,再也不离开他;获得朋友,就像陷入爱情;赤脚驾驶跑车,把捷豹停在圣特罗佩的拉蓬奇酒店的厨房后面,拥有一辆24S戈迪尼、一辆捷豹E型敞篷车、一辆玛莎拉蒂、一辆路特斯7型S1跑车和一辆法拉利-加利福尼亚敞篷车;在赌场大赢或大输,由于玩转轮押的是8,便在这一年的第8个月的第8天早上8点在诺曼底买了一栋房子;买一栋房子仅仅是因为不想准备行李,为了能在一个不眠之夜后安安静静地睡觉;买一匹赛马是为了让自己心跳,爱上好几个男人,嫁给报纸的头版,由于控诉在阿尔及利亚的残酷折磨而成为塑料炸弹的目标,在"343妓女"声明上签名,成为让-保尔·萨特和弗朗索瓦·密特朗的朋友,吻阿娃·加德纳①和马西莫·乔治亚②,与伊夫·圣罗兰和皮埃尔·贝尔热一起欢笑,遇到了戈尔巴乔夫和田纳西·威廉斯,必须为之前所做的一切辩解,汇报汇报永远要汇报,为自己的每一项行为公证,永远要简短准确;在生命的起点说"做爱"那是丑闻,在生命的终点说"做爱"那是过时,一生都在说"做爱"并且在做;写其他书,写剧本,给要做但不想做的事情列个单子,写情书和绝交信,再也没有时间写什么东西,由于说了自己写过的东西,再也想不起自己写过东西,自己想过的词,已经出版的书,不断地写,直到尽头。

这一切都会发生,但与弗莱德里克和德洛里耶③相反,当弗朗索瓦丝向女友们概述他们的生活时,

---

① 阿娃·加德纳(1922—1990),美国著名女演员。
② 马西莫·乔治亚(1940—),意大利著名社会活动家。
③ 弗莱德里克和德洛里耶为福楼拜《情感教育》中的人物,两人为同学,后者娶了前者所爱的姑娘。

萨冈的1954

她会指出,她不会想念她们。为什么?也许是因为她们不断地进行情感教育,在这方面,她们将一辈子都是1954年的姑娘。

我希望那年的6月21日,那个夏日是她的生日,弗朗索瓦丝悄悄地开着她的新车去庆祝她的19岁生日。她直接坐在捷豹的底盘上,想用全身来体验速度的快感。7号国道又窄又危险——那时还没有太阳高速公路。她开着她的新车,好像那是她的美丽动物,有自己的生活,反应并不总是那么迅速。我想,那将是她第一次到圣特罗佩,我想就此结束这本书,以太阳和速度为背景。

我从床上起来,打开百叶窗,大海和天空扑面而来,同样的蓝,同样的红,同样的幸福。[①]

我从来没有去过圣特罗佩,于是决定去两天,

---

① 引自萨冈的《我最美好的回忆》。

以便能结束这本书。一个朋友建议我租他姑妈的一个单间,我却想听弗朗索瓦丝的欢笑,尽管周围一片疯狂,但她写的书能被人读、被人祝贺,她还是很高兴。我匆匆准备了行李,一件黄裙子,一件蓝色的游泳衣,几本在火车上看的书。《狂乱》,我那么喜欢阿兰·卡瓦利埃的这部电影,却不知道它是根据萨冈的一部小说改编的。

这样躲起来工作,很像是去南方度假。去车站之前,我给女儿放了一首碧姬·芭铎的歌《你想还是不想?》,我们喜欢踩着它的节奏跳舞。我吻了她的两颊,好像那是沾着白糖粒的奶油蛋糕,在那两天两夜的时间里我会想她的。

当然,我似乎应该开车去——但我考到驾照后就没摸过车,于是我选择了火车。

在色彩鲜艳的车厢里,我读着田纳西·威廉斯写的关于萨冈的书。1954年,他给百老汇写了《热铁皮屋顶上的猫》。

弗朗索瓦丝·萨冈是在第二年遇到他的,那

时她去美国大巡讲,其场面比摇滚歌星还要火爆。我看着高速列车窗外飞驰而过的景色,想象着44岁的田纳西、19岁的弗朗索瓦丝·萨冈和38岁的卡森·麦卡勒斯在基韦斯特度过了两个星期,他们钓鱼,抽烟,喝纯金酒。炙热而嘈杂的半个月,弗朗索瓦丝·萨冈后来这样写道。田纳西·威廉斯在他写关于萨冈的印象时,首先说起看到一位当红的年轻作家时突然感到的恐惧。

第二天上午,她去游泳,晒日光浴。下午,我们到外海去钓鱼,夜幕降临的时候,她开着她的跑车,她笑得那么欢,车开得那么快,我不得不提醒她注意交警。我相信,喜欢速度对年轻的艺术家来说是一种健康的表现:这表明他们已经明白要远离人群。[1]

---

[1] 引自田纳西·威廉斯的《从您到我》。

慢慢地,窗外的景色变了,天空放亮,大海接近——我不假思索地给那个年轻男人发了一个信息,要他到南部来找我。

接着,我又想起了马蒂厄·加莱①和弗朗索瓦丝的见面,如果她1954年6月3日的日记可信的话,那是在"评论家奖"颁发一个星期后。

他们相约在双叟咖啡馆见面,马蒂厄·加莱先到,在见到她之前,他心里在想:她会让我失望吗?然后,他走近一个年轻女孩,但他弄错人了,跟法布里斯·吕希尼在电影《谨慎的女人》中扮演的那个人物一模一样。我努力想象19岁的马蒂厄·加莱在写关于雷蒙·拉迪盖的论文时的情景。如果说他已经完成了论文,却一直没有发表。没关系,他还将遇到科克托、布朗库西②、约塞夫·凯塞

---

① 马蒂厄·加莱(1934—1986),法国文学评论家。
② 康斯坦丁·布朗库西(1876—1957),原籍罗马尼亚的法国雕塑家和现代摄影家,被认为是20世纪最具影响力的雕塑家之一,现代主义雕塑先驱。

尔①,他在著名的《陌生人日记》中是这样描写弗朗索瓦丝的:

小个儿,褐发,黑色的圆眼睛,刚满18岁。没有扑粉,没有涂口红,头发很乱,额头垂着刘海,声音干涩,语速很快:她说话几乎让人"难以听清",这跟她如此清新、如此明亮的语言完全不一样。

马蒂厄·加莱觉得这女孩太聪明了——这对他来说是不常见的。他们的谈话主要围绕着文学和爱情展开。她告诉他说,有一次,她爱上了一个愚蠢的男孩,那男孩对她不感兴趣,让她感到很脸红。她承认,对她来说,爱情是唯一值得经历的事情,为此,她准备抛弃所有的文学理想。她说围绕着她的书而起的争论让她伤心,让她昏头昏脑。马蒂厄·加莱离开的时候对这场见面很满意,高兴地

---

① 约瑟夫·凯塞尔(1898—1979),法国记者、小说家。

回答了自己的问题:总之,她一点儿都没有让我失望。但弗朗索瓦丝,许多人认为她是一个永不信守的人,她可曾让谁失望过?我想没有。而且,我觉得忠诚就已经很值得赞扬了,不是忠于自己的诺言,而是诺言的本质。

到了圣特罗佩,我当然很难在今天的城里找到1954年的痕迹。

我寻找科克托所说的"击碎在悬岩上的狂浪,比别的地方泡沫要多,要清新,让人出乎意料。有乡村,真正的乡村,藏在圣特罗佩后面,很绿,跟莫尔地区的其他地方完全不同……"①

我寻找着弗朗索瓦丝如此喜欢的小街小巷,她说,它们在互相争吵;我寻找着漫长的时间,她喜欢迷失其中;我寻找着庞布罗纳沙滩后面的小路和太阳底下的小屋,那些屋子让她想起了肥胖的猫;

---

① 引自让·科克托的《限定式过去时,日记》。

我寻找着慢慢地变得湛蓝的大海,《上帝……创造女人》①中那个可怜的米歇尔·塔迪厄沿着墓地的边缘在行走。

我在沙滩上散步的时候,试图看到弗朗索瓦丝·萨冈和碧姬·芭铎的影子。1955年夏天,她们第一次见面。碧姬微微欠身,用脚趾头在黄沙上画着圈,好像在压一个看不见的贝壳。

两人都成了法国最出名的女孩,两人在25岁之前都曾死里逃生。弗朗索瓦丝是一场车祸,碧姬是一场自杀。两人都将经历荣耀的巅峰、衰退和灭亡。只有非同寻常的性格才能扛得住她们所遭遇的事情,没有饥饿感的一生。

"当然,现在的年轻人很大胆,不害羞,就像是一种才华,或是一种至少能让人毫不犹豫地展示自己的智慧。很有才华,太有才华了。源源不断的才气。而且,这些年轻作家也需要一点才能……"②

---

① 罗歇·瓦迪姆导演的一部电影,碧姬·芭铎主演。
② 引自让·科克托的《限定式过去时,日记》。

让·科克托那年这样写道。

回到我住的单间,我收到了那个小伙子的一封信,他说不来圣特罗佩找我了。我很伤心,所以,没有把书的最后几页写完,而是起草了这封信:

……你不想来南方找我,你说,是因为"付不起火车票"。

可与此同时,你又拒绝我给你买票。这种拒绝让我很伤心。

不过,我理解你,在你这个年龄,我从来不会让一个比我年龄大的男人给我买票去找他。我会这样想:他把我当成了一个妓女。或者是这样想:某个地方,某个人会说我是个妓女。我会想很多,而不是专心享受旅行。可为什么就不能享受"像一个妓女"呢?

我理解你,因为不久之前,我也曾经历你这样的年龄。我刚刚过了20多岁这一年龄段,而在经历这个阶段时，我什么都不懂。这10年我觉得太长了，在这10年当中，我觉得自己完全是边缘人，尤其不容于自己。我不知道幸运之花是否曾向我开放，我也没有冒过险，害怕还没有经历就已经死去。我害怕不能成为某人，我被"封闭"在自己创造的思想中，关于自己的虚假思想。因为，是的，我十分清楚地知道，我生命中的各部分该如何安排。这种想法最终将不允许我享受人生。

你不可能知道的。

我花了20年时间都没有摆脱我自己。我就像一个脆弱的诺言，一件太新的衣服，既不想弄破，也不想弄脏，有重要场合时才会拿出来穿，结果是永远不会穿。

我等待我的生活开始，因为我希望它能突然来临。

但假如你今天问我："你是否愿意用另一种方式来度过这10年？"我会回答你说："不愿意。"因为那样的话，我今天绝对不会这么大胆要你坐火车来；那等于相信我有的时候甚至都忘了这个词如今是什么意思;那是因为曾经太害怕了,以至于今天什么都不再害怕。所以,我不恨你没有坐火车来——但你只需知道,我们没有在一起度过的这两天,谁都不会还给你。

现在,就在我给你写几个字的时候,我想再看看你脸部的线条,就在我对你说我们无需再见面的时候,它突然出现在眼前。

你曾问我是否一直想当作家,我没有回答,因为我对你的问题感到吃惊。

现在,如果你到这里来找我,这就是我要给你的回答,尽管来得有点晚。

是的,我一直想写作。远在知道这可能意味着什么之前。写作,有点像梦想成为消防员的孩子:只为了那身红色的消防服,也因为消防车很漂亮。后来有一天,孩子长大成人了,看见了大火,这才明白自己从来没有想到过恐惧,只想到威风。但现在必须扑灭大火,并因此忍受高温、担忧和被烧焦的尸体的味道。

萨冈的1954

我想写作，一辈子成为作家。我觉得只有这种生活才值得经历，我尽量让自己的一生成为一部小说——而写作，却是反其道而行之。

写作，就是停止体验目前的每一个小时、每一天和每一个月；就是想到分享你的时间的人偷窃了你的时间或白白地浪费了你的时间；写作，就是慢慢地与生命中的小说隔绝。

我的另一个问题，是我认为要成为"作家"，就必须出精品，而我对精品的要求相当之高，高得我根本就无法达到。我想写一本伟大的书——要么就不写。

然后有一天，我清楚地记得那一天，我到了你现在的这个年龄，我对自己说：你永远也不可能成为萨冈。你永远也不可能在17岁写出《你好，忧愁》，你已经太晚了，但你会写出"你自己的"书。它们会成为它们将成为的东西，下一本将比上一本好，或者不好。没关系，只有这些东西属于你，只有这些东西谁也无法从你那儿夺走。给别人讲些故事吧，如果他们从中得到了快乐，如果他们会感谢你。因为，让人高兴，这已经很了不起了。慢慢来，先强大自己，然后再想教育别人或让人赞叹。只要你还没有成为艺术家，就不要不屑成为一个手艺人。

由于弗朗索瓦丝·萨冈，我那天写了我第一部小说的第一页，然后是第二页。我写了一本书，然后是第二本，现在又写了一本。每一页我都听得见自己的心跳：这么说，那种生活还是可能的。

今天，我还是想与弗朗索瓦丝·萨冈一道来改变我的生活方式，遵循她的建议，这些建议其实说的都是同样的意思：寻找重要的事，而不是事情的重要性。

所以，我今天才能写信告诉你，我很愿意发现这个房间，它曾是我们的夜晚。和一个女人或一千个女人度过一天或一千个夜晚之后，你会想起我的。

而我，我永远也不会忘记我们的吻和你的面孔，也不会忘记你的恐惧和我的恐惧。

安娜

第二天,我独自在圣特罗佩的街头和沙滩上散步。我在塞内基耶饭店的露台上吃了早餐,橙子果酱,切成三角形的面包片,涂了蜂蜜。中午吃的是特罗佩风格的塔饼,厚得像软面包,中间夹着白色的香草奶油。这是这一天当中最美好的时光,我静不下心来写作:这本书拒绝结束。最后几页写不下去,我想,其实是不想写吧?

我不想跟弗朗索瓦丝分开。那年夏天,我在寻找她动个不停的身影,她的新女服像她的旧童装一样碍事。她觉得新衣服太窄,旧衣服太宽,好像在滑稽地学贝纳尔·弗兰克扮演本杰明·康斯坦[①]。但她沉醉而兴奋地看着这个看着她的世界。

我看见她坐在拉蓬什酒店的平台上,我们同在60年代。

她隔壁的桌子前坐着一个意大利人,很像一个美国明星。当他咬东西的时候,下巴就变方了,

---

① 本杰明·康斯坦(1767—1830),出生于瑞士的法国小说家、思想家、政治家,法国浪漫主义的代表人物之一。

两颊凹了进去,就像下巴的小窝。一个美男子,富有阳刚之气,就像弗朗索瓦丝喜欢的样子,或者像她以后喜欢的鲍伯·韦斯特霍夫①。两人谈起了勒内·克莱尔、莫里斯·罗内的电影,罗内是弗朗索瓦丝的哥哥的朋友。他们谈起了两人都认识的阿尔贝托·莫拉维亚②,谈起了劳雷尔和哈代的戏剧。

"是的是的,我喜欢意大利电影。《安逸人生》和《甜蜜的生活》③,当然看过,《甜蜜的生活》是去年看的。我特别喜欢维斯孔蒂④,喜欢《罗科和他的兄弟们》,我觉得比《猎豹》好。"弗朗索瓦丝说。

---

① 鲍伯·韦斯特霍夫(1962—),法国摄影师、作家,萨冈的第二任丈夫。
② 阿尔贝托·莫拉维亚(1907—1990),意大利著名小说家。
③ 《安逸人生》,迪诺·里西导演的意大利喜剧电影,1962年上映。《甜蜜的生活》是费里尼早期新写实主义与后期艺术电影的分界点,曾获得戛纳电影节金棕榈奖。
④ 卢奇诺·维斯孔蒂(1906—1976),意大利电影导演,主要作品有《洛克兄弟》《纳粹狂魔》《魂断威尼斯》《罗科和他的兄弟们》《猎豹》等。

"维斯孔蒂是我最好的朋友之一。"那个谜一样的意大利人只补充了这么一句。

"但还有一个我觉得很要命,那就是帕索里尼①,"她说,"他的电影我一点都不懂,但我还是看了他的两部电影《罗马妈妈》和《迷茫的一代》,但我不知道哪部更让我厌烦。"

"有点烦恼,有时也不失为好事。"

"哦,不,电影可不一样。如果是一本书,你至少可以合上,以后再看。可是电影,你不得不看完。这是最糟糕的。"

谈话愉快地继续进行,他们谈到了法国新导演和著名的新浪潮。拉蓬什酒店的露台越来越热,谈话很甜蜜,但午休的时间快到了,也就是说,盛夏的午后之爱的时间,谁也不愿错过的。弗朗索瓦丝起身告辞:

"很高兴与您分享咖啡时光。"她边说边用手

---

① 皮埃尔·保罗·帕索里尼(1922—1975),意大利著名电影导演,代表作有《索多玛120天》等。

挡住阳光,不让它刺到眼睛。

那男人也站了起来,抬了抬白色的草帽:"我也是,但我还没有作自我介绍呢,我叫皮埃尔·保罗·帕索里尼。很高兴……"

我敢肯定弗朗索瓦丝·萨冈没有不知所措,帕索里尼没有生气。在喝咖啡的时间里,两人都成了喜剧中的人物,他们觉得太好玩了。

回到我租来的小单间,我赶紧开始写这本书的最后几段。人们突然发现弗朗索瓦丝不由自主地成了她那部小说的主人公,她准备亲自体验,毫不犹豫地对兴奋的记者们说:"夜总会、威士忌和法拉利当然比厨房、针织和节俭好。"必须回答上千个类似的问题:"你还搭公共汽车吗?""你吃面条吗?""你是小说中的主人公吗?"

在圣特罗佩,弗朗索瓦丝·萨冈脱掉铅灰色的裙子,换上了蓝布衬衣和像是渔民穿的那种长裤,穿上瓦熊牌的草底帆布鞋——港口只有那家商店开门。她觉得可以在岩石间艰难地爬行,就像孩子们一样。那时,圣特罗佩还没有完全进入跳摇摆舞的时代,没有,它还处于乖巧时期,玩沙滩游戏,打乒乓球,在松树的阴影下看书,当夜晚用有点过凉的衣物遮住你炎热的双肩时,喝喝鸡尾酒。

1954年夏,弗朗索瓦丝·萨冈和家人一道去了奥瑟戈尔。去年,她离开了那里的度假屋,逃到巴黎,在父亲的影子下,在马莱伯大道的公寓里写作。她对朋友们说,那本书"写了很久",但这是谎话。把谎言变成现实是件好事。弗朗索瓦丝热情而严肃地致力于这一任务——当别人都穿着比基尼晒太阳,她却在8月里的巴黎干活,这太惬意了。

一年过去了,米歇尔·德翁受《巴黎竞赛画报》派遣,去报道法国人度假的新花样。那年夏天,没有前一年那么热,天上飞过了第一架波音707,孟菲斯的WHBQ电台第一次播放《没关系(妈妈)》,奠边府的囚犯释放了,弗朗索瓦·特吕弗的第一部短片《一场访问》在《电影手册》主编位于杜埃路的公寓里拍摄,雅克·里韦特摄影,阿兰·雷斯奈剪接。

8月3日,科莱特去世了。她去世之前,是否有时间读过人们在报纸上说的"18岁的科莱特"写的书?

在回来的火车上,我重读着差不多完成的书稿,并给德尼斯·韦斯特霍夫写了这封信:

亲爱的德尼斯:

几个月前,我们一起午餐,你建议我写一本书,纪念你的母亲,或者说,复活人们对她的记忆。你想让大家来关注她生命中某段具体的时间,用一句话来概括,就是"传奇之前"的时期。德尼斯,你给了我一个礼物,我要尽量做得公正。但怎样才能做得最公正?应最忠于什么?我得回答这些问题,我决定最忠于我自己,并希望这样可以只对一个人负责。

今天,当我重读手稿,我觉得她的"秘密情节"——未经深思熟虑、写到最后才出现的这个主题——就是一个上了年纪、已经去世的女人和一个

萨冈的1954

比她晚出生两代的年轻女子间矛盾的友谊。因为自从我们一起午餐之后，你母亲就以强大的力量进入了我的生活。我想，我起初一点都不讨你母亲喜欢。像所有的母亲一样，她对儿子所选择的女人很警觉。她也许觉得我太悲催，太严肃。但就像故事中常见的那样，被命运捏在一起的不般配的夫妻，做母亲的最后不得不接受。我想我有幸成了她宠爱的对象。是的，你母亲成了我的一个不那么温柔的闺中密友，既滑稽又严肃，既冷酷无情又开心快乐。在一起工作的那几个星期里，我们几乎每天都闲聊，我们的聊天不会被任何事情和任何人所打断，我从她的书中和生活里汲取话题。正如我的其他朋友一样，她把我引向她不说我永远不会去读的书，或者让我明白了无数我不懂的东西，促使我走向我也许永远不会看一眼的人，她大大地丰富了我本会让它白白流走的时间。我相信弗朗索瓦丝·萨冈对我充满了善意，影响了我的言行举止。这就像蝴蝶效应一样，她很可能会制约我的全部生活，未来的生活——因为我想，这就是朋友的作用，好朋友的作用。

我希望你不会后悔选择了我,因为我全身心投入了这本书,怀着巨大的敬意,同时,为了对你母亲表示怀念,可能也带有巨大的不敬。

安娜